长篇小说

我是钱

郑渊洁 著

陕西新华出版
太白文艺出版社·西安

果麦文化 出品

目录

引子　　　　　　　　　　　　　　　　　001

结局　　　　　　　　　　　　　　　　　009

100 元钞
币种：人民币　版别：1990 年版　号码：PG04484158　　020

50 元钞
币种：人民币　版别：1990 年版　号码：AU10539280　　050

10 元钞
币种：人民币　版别：1980 年版　号码：TJ03903518　　079

5 元钞
币种：人民币　版别：1980 年版　号码：FP55980166　　109

1 元钞
币种：人民币　版别：1960 年版　号码：Ⅷ I 92975321　　148

1 美元钞
币种：美元　版别：1988 年版　号码：A96898765A　　172

引子

我望子成龙。我绞尽脑汁要让我的孩子出人头地。我不遗余力地要让他卓尔不群。我害怕他辜负我的期望,怕得要命。每当我想象别人的孩子比我的孩子有出息时,我就惊出一身冷汗。我怕我的孩子四十岁时到他爸爸家度周末还是个骑自行车或乘坐公共汽车的无名之辈。我不想给这样的人当爸爸,更不想给这样的人的儿子当爷爷。只有我自己明白,我之所以如此望子成龙心切,就因为我不是龙。

上个星期三我看到一张报纸上说,一个人能否成功,遗传因素占百分之八十,剩下的百分之二十是运气。那小子还有板有眼地说,这是地球上三十多个得过诺贝尔奖的科学家联手经过二十七年得出的结果,还说在三千多人身上做了试验。还说自有人类以来,各种成功者世世代代出人头地,有的是隔代传,有的是代代传,还有的是隔二代或三代或四五六七八代传。反正说一千道一万,现今世间的成功者,他的祖宗往上追溯一准是奴隶社会的奴隶主。现今世间的不成功者,他的祖先一准是奴隶社会的奴隶(隔代传的除外)。

这篇文章弄得我三天三夜睡不好觉。自翻家谱,家父是一家机关的端铁饭碗的工薪干部,他天天上班最重要的工作就是不得罪顶头上司,以此为代价换取每月少得不能再少的工资。家祖父是一介农夫,成分属于上无片瓦下无立锥之地那类。家祖父的父亲据说更穷，一家十二口只有五条裤子，谁出门谁穿。再往上寻根有一点可以肯定，原始社会里绝对有我的直系祖先，否则我的家族不可能半途从石头缝儿里蹦出来。看来，我的祖先在原始社会就没什么出息，准是一个月也打不着一只野兔的笨蛋，身不强力不壮，不会用树叶制衣服，结果到了奴隶社会就当不上奴隶主，只有戴着脚镣给奴隶主打工。进入封建社会，接着给奴隶主的后代——皇帝当庶民。到我爸爸这辈，继续没出息。

这篇文章还说，择偶最重要的是要看对方的家族，必须寻他的根，看其家族历史上有没有成功者。我顿时傻了眼，我择妻时，谁家穷谁家光荣，家史上一直穷更是件不得了的事。我的妻的祖先比我的祖先还穷。那作者说，如果父系母系双方都有强根，子女成功的概率绝对高；如果只有一方有强根，那么孩子成功的概率就是百分之五十；如果双方都是弱根，孩子不可能成龙。他还说当今社会佼佼者的四代以上祖先百分之九十五不是地主就是富农。

最后，那混蛋作者居然下了这样的结论：祖先好后代不一定成功，但成功者一定有好祖先。

我不服气。在这个世界上，什么特殊情况都会发生，我一定要让我的儿子成就大业。同时，也让我的万世后代从我儿子开始有个好祖先，让他们代代传隔代传隔二代传隔三代隔四五六七八代传。

说归说，我心里底气还是不足。想起打儿子两岁开始，我就带他上各种班。有音乐班、美术班、书法班、英语班……光是音乐班就分别上过小提琴班、钢琴班、手风琴班、二胡班。儿子两岁时学拉小提琴，一首《小蟋蟀》愣是学了十个月也没学会，弄得他到现在一听蟋蟀叫还两手发抖脖子发硬。其他班也是学无所成，班班半途而废。

每当我打开电视机翻开报纸就有气，全是名人的一统天下。今天这个影星被签约了，明天那个歌星有新欢了。一会儿某体育大军团结得铁板一块不姓一个姓愣是一家子志在为国争光，转眼又为了几个臭钱翻车闹得六亲不认，害得那些想沾光发大财的鼠目寸光的企业家恨不得下辈子变鳖。我之所以有气，说白了，是因为这里边没有我儿子。不行，花钱买电视机，哪儿能天天看外人的嘴脸！一定要把儿子培养进电视。

晚上，我走进儿子的房间，见他在看书。

"什么书？"我问。

"电脑发展史。"儿子说。

我从儿子手中拿过书，翻看。

怎么，电脑这么厉害？！盖茨通过玩电脑变成了美国首富？戴尔摆弄电脑大发横财，他的公司年收入七千万美元！还有中国的求伯君德国的拉尔斯·温德霍斯特都利用电脑从一文不名变到腰缠万贯名利双收大展宏图。据说，这些人的祖先有的是给华盛顿擦皮鞋的，有的是给威廉大帝的厨师打下手的。

电脑？

电脑！

电脑！！！

让儿子接触电脑。

给儿子买电脑。

不懂电脑就是文盲。这句名言我怎么早没听说？

"爸爸给你买电脑。"我对儿子说。

"真的？"儿子很是兴奋。

我点点头，特享受。我知道，一台电脑的价格可达万元。给孩子买的东西价格越贵，对于父母来说，越是享受。

夜里，我和妻躺在床上就购买电脑一事进行可行性磋商和财务分析。

"大约多少钱?"妻问。

"一万元左右。"我说。

"这么贵?"妻惊讶。

"说不定这一万元能给你换回来一亿元。"我说。

"有奖销售?"妻的话显示出她的祖先根特弱。

我给她讲盖茨,讲拉尔斯·温德霍斯特,讲戴尔,讲求伯君。

"弄电脑的都能发财?"妻在论证。一万元对她来说不是小数。

"据预测,弄电脑的不一定都发财,但发财的人里十个有七个是弄电脑的。"我像在通过博士论文答辩。

"另外三个是弄什么的?"妻的思维路数和一般人不一样。

"汽车。"

汽车的价格明显比电脑贵。妻只有选择电脑。

妻在床上给我们家买电脑办了签证。

第二天,我去银行取款。

银行的小姐是阴阳脸,存钱时一副面孔,取钱时另一副面孔。

"取这么多钱,要事先打招呼。"那小姐绷着如丧考妣的脸,训斥我。

"没有这个规定吧?"我故意扭头看墙上的规章制度。

那小姐瞪了我一眼,不情愿地给我办取款。

我站在柜台前等钱,身边是弱不禁风一看就是营养不良从小没喝过牛奶的手持警棍的保安人员。我觉得贴张关公的照片都比他能震慑住抢劫犯。

小姐递给我的钱全是 10 元一张的。

"能不能给 100 元一张的?"我问。

"没有。"她说。

我在心里骂了一句档次最高的脏话。

星期日，我和儿子一起去买电脑。

电脑这东西的确奇怪。过去我们家买过不少通电的物件，比如电视，比如洗衣机，比如电冰箱。这些东西放在家里，家里只是多了一样没有生命的东西。可电脑却截然不同。

我想，可能所有拥有个人电脑的人都有这样的感受：电脑是有生命的物体，与其说它是一台电子仪器，不如说它是一个朋友更确切。

自从电脑到我们家落户，我们家就像多了一个成员。我问妻和儿子，他们都说有这样的感觉。

除了上学，儿子就像长在了电脑前。他掌握电脑的速度之快，令我吃惊，只有四个字能形容他和电脑的关系：无师自通。我甚至觉得，电脑这东西是属于年轻人的，年龄越小，接受得越快。

看着儿子坐在我花自己的钱买来的人类智慧的结晶面前敲击键盘，我觉得无比自豪和享受。此时此刻，望着他的背影，我认定他就是未来的盖茨，未来的世界首富。

"不会影响学习吧？"妻看着废寝忘食与电脑为伍的儿子，有些担心地问。

"不会。"我摇摇头，"就算影响了，也是得比失大。他在学校学的那些东西，百分之六十没用。"

妻瞪了我一眼。

"我昨天看到一本书上引用了一位名人的话，那名人说，认识五百个字，当作家就足够用了；会四则运算，当企业家就足够用了。"我对妻说，"知识不等于聪明。不是知识越多越聪明。"

"也不知他将来到底能混成什么样。"妻用充满母爱的目光望着敲键盘的儿子。她望子成龙的心情比我有过之而无不及，她好几次在梦中呐喊要给名人当妈妈。

不知不觉中，我对电脑也发生了浓厚的兴趣。我经常漫无目的地坐在电脑面前，让它听我的指令，受我指挥。人大概都想管别人，而我活到今日除了管孩子还从未管过任何人。电脑给我填补了这个空白，它让我过当官的瘾，过管人的瘾，它无条件听我的。

我在一家生产验钞机的公司工作。公司的生意很不景气。这倒不是说假钞少，而是生产验钞机的公司比较多，而我们公司的产品质量和价格都不令人满意。我们公司的经理天天烧香祈祷上天多造一些制造假钞的罪犯，就像靠擦洗汽车吃饭的人天天盼下雨和生产空调的人天天怕下雨一样。

现在我知道了，当你决定是否在一家公司就职时，如果你的老板已经三十五岁以上了，最重要的是，你一定要看他在这三十五年的生命过程中有没有成功的经历。如果有，你就舍命陪君子，死心塌地与他和他的公司风雨同舟。如果没有，你趁早另攀高枝。一个当老板的人过了三十五岁还没有任何成功的经历，他今后绝对不可能成功。一家公司的成功，实质上就是总经理的成功。同样，一家公司的失败，实质上就是总经理的失败。当我明白这个真理后，已经逾四十岁了，一个招聘启事上谢绝跳槽的年龄。

退一万步，将来我的儿子没出息，沦落到只能给别人打工时，我要叮嘱他一万遍的就是：一定要找一个有成功经历的老板。

由于我们公司不景气，上个月发不出工资，老板只好发实物抵工资：每人五台验钞机。

昨天下班时，公司经理宣布从本月起本公司实行每周休三天工作制，还美其名曰这是对劳动法的发扬光大。其实傻瓜也知道，这都是库里那些存货闹的。公司库存产品与老板的智商成反比。库里积压的货越多，老板的智商越低。反之亦然。

白天在家待着百无聊赖，我送走上学的儿子和上班的妻后，先是站在窗前往楼下看，看穿梭不停的汽车，看匆匆行走的人流。看人家忙，忧自己闲。我感慨万千，人活着就得干事，同样是人，有的人干得好，有的人干不好。其实，不管干什么，要干就干好，要么就别干。我叹了口气，坐到了电脑前。

我接通了电脑的电源，没有按键盘，而是冲着屏幕发呆。说实话，电脑对我没有任何实际用途。用它管理家庭财务？笑话，我家的流动资产目前低于这台电脑的价格。用它做文字处理？我又不是作家。再说了，就算我是作家，也绝对不用电脑写作。电脑写作没有手稿，傻子也知道，最值钱的就是传世之作的手稿。前几天在报上看到，莎士比亚的一首十四行诗的手稿拍卖得了七百万美元。只有没自信的作家才会用电脑写作，他认定自己的作品不会跨入文学名著的行列。还有，作家吃的是大脑饭，写作时如果让电脑辐射着大脑，久而久之，大脑沟回准发生异化。说白了，用电脑写作是在过一种发表瘾，看到自己刚写出的文章变成了印刷体，绝对能产生阿Q式的极度满足。说来说去，别人能拿电脑直接发大财，而电脑对我们家来说，只是望子成龙的敲门砖。

我想把这台电脑变成聚宝盆，可束手无策。

我泡了一杯茶，一边喝一边玩电脑麻将游戏。这台电脑对我来说，就是麻友，一顶仨。花一万块钱能买三个随叫随到的不用招呼吃喝赢输钱不伤和气的麻友，也值。

玩累了，我的视线落在了放在电脑旁边的一台验钞机上。

"把验钞机接在电脑上？"我的脑子里突然冒出一个荒谬的念头，"电脑验钞机准有市场，精确度高。"

我拿过验钞机，看它的后边，还真有几个插孔。

我翻出几根连接导线，将公司当工资发的验钞机与电脑的主机

"联网"。

"如果成功了，就去申请专利。"我闭上眼睛，在心中祈祷好运气降临到我头上。我甚至已经为由我担任法定代表人的公司起好了名字：奔腾电脑验钞机有限责任公司。

结局

我屏住呼吸，接通电脑的开关，再接通验钞机的开关。我从抽屉里取出一张 100 元面额的钞票。

我将钞票展平，小心翼翼恭恭敬敬地将钞票放进验钞机。

我听见电脑主机里一阵噼里啪啦的响声，我吓坏了，认定电脑不支持验钞机，或验钞机不兼容电脑。我急忙伸手去关电脑。

就在我的右手食指即将接触电脑开关的一刹那，我看见电脑屏幕上出现了图像。

我的手缩回来了。

电脑屏幕上的图像像一出电视剧，有人类，有景物。电脑的光驱里空空如也，这真实的场景从何而来？我蒙了。

和验钞机有关！

别无解释。

我激动了，真正意义上的激动。我注意观察屏幕上的画面，像是一家印刷厂，印刷机在疯狂地印着什么……看清了，印的是钞票！崭新的一眼望不到头的钞票排着队从印刷机上走下来。我头一次见这么多钱。从电脑屏幕上看雪片一样的钱，我切实感受到电脑与金钱的关系。

一张百元大钞的特写镜头。

"突出它干什么？"我纳闷。

突然，它的号码引起了我的注意。这张100元面值的1990年版的人民币的号码是BS10305989，我看了一眼验钞机里的钞票的号码，也是BS10305989！

验钞机里的钞票出现在电脑屏幕上了。

我的大脑迅速运转，思索这一不可思议的事。

屏幕上编号为BS10305989的100元面值的人民币与别的兄弟姐妹钞票打包后在武装警察的押送下离开了制钞厂，进入了银行的金库。而后，它到了一位男士手中……

我明白了，验钞机和电脑连接后，电脑就显示出每一张被验的钞票从制造出来一直到此时此刻的全部经历！

当我确认这一发现后，感到周围一片寂静，静得一点儿声音也没有，尽管此时此刻窗外马达轰鸣人声喧嚣，可我什么也听不见。我敢说，爱因斯坦发现相对论时准和我现在的感觉一样。

人生最地道的享受是有新发现。

为了证实我的发现，我又换了几张不同面值的钞票先后放进验钞机。

试验结果证实我的判断是正确的，我的验钞机和电脑连接后能完整地展示每一张钞票的全部经历，像演电视剧一样展示，有形有声有色。

我连中午饭都顾不上吃了，翻出我能找到的所有钞票，挨个儿欣赏它们的经历。

太丰富了，太引人入胜了。即使是想象力等于零的人，也能想象出我看到了多么生动的人间悲喜剧。我真没想到，我家里的一张10元面额的人民币曾经被×××使用过！×××，我不说出她的名字，这是一个家喻户晓的大明星的名字！我居然和她使用同一张钞票！

世界上不管什么事，有得就有失。我攥着那张她曾经攥过的钞票只欣喜了片刻，屏幕上的她数钞票时的表情比我老婆还俗还档次低，说句电脑术语，她和钞票的兼容程度比我们这个穷家还高。完了，我再也不会梦里寻她千百度了。

妻和儿子几乎前后脚进家门。

妻一眼就看出我不正常。

她用上下五千年的眼光搜寻了一遍家中的陈设，特别重点地巡视了床和卫生间。被她找到的几根长头发经过鉴定都是她头上土生土长的。

"你怎么了？"妻审视我。

我想卖关子，想大喘气，想尽量把爱因斯坦的感受绷一会儿再告诉她。

"爸，您这是干什么？"儿子在他的房间里大喊。

"怎么了？"妻认定儿子发现了作案工具，三步并作两步跑进儿子的房间。

我紧跟。

"您干吗把验钞机和电脑连在一起？"儿子显然急了，怕弄坏了电脑。

妻盯着我，等我解释。

就要向亲人宣布我的伟大发现了，我激动万分。说实话，我最喜欢干的事就是和家人在一起。我看到很多人不愿意在家待着，他们喜欢什么社交，把一生的大部分时间让给外人，傻蛋。亲人是骨和肉的关系，外人是车和车的关系。骨肉分离就无法生存。车和车太近准出事故。

"你们先坐下。"我让骨肉坐下，"咱们家马上就要告别无名鼠辈的行列了。"

妻和儿子对视。

"你们谁身上有钱？"我笑容可掬地问。

"干什么？"妻问。

儿子掏出1元钱。

我将钱塞进验钞机，然后接通验钞机和电脑的开关。

"这是什么？"儿子先发现屏幕上的"电视剧"。

妻也瞪大了眼睛。

"奔腾验钞机。"我一字一句地说。

"奔腾验钞机？"儿子不明白。

我清清嗓子，将我的杰作向骨肉血亲通报。

我看得出，他们的大脑不支持我的话，但他们的眼睛却无法拒绝——电脑屏幕上正在上演这张1元钞票的传记片。

儿子又掏出一张1毛钱的钞票，替换那张1元钞。另一部电视系列剧开播了。

"伟大。"儿子从牙缝儿里挤出两个字。

妻没有说话。她的呼吸急促起来。我了解她，她只在兴奋时才这样呼吸。

我们被这张1毛钱钞票的传奇经历吸引了。这是一张1962年版的钞票，它的三十多年坎坷经历一直让我们看到次日凌晨四点三十分还只看了七年零五个月二十一天。

我们不吃不喝不睡。遇到不适合儿子看的镜头（人类并非光用钱买食物和日用品），妻建议儿子扭过头去，我认为大可不必，神秘感才是万恶之源。妻只得妥协。

"我有个建议。"儿子下意识地要求发言。

我和妻看儿子。

"咱们把每一张钞票的传记片存盘，然后想办法转录到录像带上，再拿到电视台去播放，收视率准特高。"儿子说出了石破天惊的话。

"干吗送？是卖。卖给电视台。"妻的话更掷地有声。

谁说我们家的祖先没出息？单凭儿子和妻的这两句话，我们的祖先最少也当过三品干部。

现在电视台越办越多，好的电视剧越来越少，那些三流编剧四流导演五流制片六流摄像七流场记八流服装九流美工十流配音十一流演员把电视屏幕搅得乌七八糟，弄得观众看也不是不看又没事干，看电视剧像受刑。

"咱们这电视剧一播出，准轰动。"儿子断言。

我和妻一致同意儿子的论断。

钞票传记片精妙绝伦。一部比一部精彩，一部比一部带劲儿。

我们开始尝试将存入硬盘的钞票传记片转换到录像带上。

当时间来到早晨七点三十一分时，转换成功。

"世界上所有编剧、导演、演员和制片人将失业。"儿子庄严地说。

"世界上又要多一个百万富翁了。"我说。

"是亿万富翁。"妻更正我。

"是世界首富。"儿子给我们家的资产定性。

我们全家围坐在奔腾验钞机旁，无比珍惜当穷光蛋的最后时光。

"咱们必须暂时垄断这项技术。"我制定纪律。

妻和儿子发毒誓为奔腾验钞机保密。

这天，妻没上班儿子没上学，我们忙了一天，将一张10元钞的传记片录入二十盘一百八十分钟的录像带上。

这片子气吞山河、催人泪下、荡气回肠、情真意切，谁看了谁不说好谁准不是人。

"爸，可惜咱们家没有美元，将美元放进验钞机准更精彩。"儿子在二十四小时之内无数次显示出非凡的智商。

"明天我去找一张美元。不光美元，咱们还要找卢布，找港币，找马克，找英镑。"我说。

"还要找古币。"妻语不惊人死不休。

说我们家将成为世界首富是贬低我们。

次日上午八点三十分，我坐在了某电视台的接待室，等待该台播出部主任的接待。我的提包里装了四盘录像带，其余的十六盘没带，我不傻。我知道许多导演都黑。

主任不可能见我这么一个名不见经传的鼠辈，派了一个小伙子出来。

"您有什么事？"小伙子问。

"我有一部电视连续剧，想卖给你们台。"我口气特牛。

"哪儿来的电视剧？"小伙子问。

"我拍的。"我只能这么说。也不算过分。

"您导的？"小伙子显然不信。

"导、摄、编、制片，全是我一人。"我说。

"录像带拿来了？"小伙子不愿意在我这儿浪费时间。

我从包里拿出四盘录像带，递给他。

"就四盘？"小伙子问。

"一共二十盘，你们先看看，有兴趣我再拿来。"

"您留个电话，我们看完了通知您。"

"我家没电话。"

"BP机也行。"

"也没有BP机。"

"手机？"

"更没有。"

小伙子不信导演没上述通信工具。

"我明天这个时间来这儿听信儿。"我站起来,"请你给我打个收条。"

小伙子给我写了张收条。

回家后,我向妻和儿子描述去电视台的经过。

"他们要是拒绝这笔买卖,运气就太差了。"儿子为那家电视台的智商担心。

"你准备开价多少？"妻问我。

"底价三百万。"我胸有成竹。

我在报纸上看到过一部三流电视连续剧卖了一百万的新闻。

我看出,妻和儿子一时还无法承受三百万这个天文数字。我断定,两个月后,他们在一天之内花这个数的钱,眼都不会眨巴。

第二天上午,我赶赴电视台。

我老远就看见电视台门口黑压压一片人,准是出了什么事。

我走到电视台门口,看见昨天那个小伙子对身边的一位西装革履的中年人指我。

小伙子迎上前来。他告诉我,那穿西服的是台长。台长身边的几十号人不是主任就是监制,反正全是电视台的头面人物。

"您的大作我们拜看了,了不起！了不起呀！"台长死攥住我的手不放,还来回摇。

尽管有心理准备,我还是手足无措。

"您毕业于哪个学院？什么？没上过大学？更不得了呀,自学成才！这是您的第一部片子？出手不凡呀！"台长满面春风。

在电视台豪华的大会议室里,我受到了贵宾般的接待。看着身边这些有头有脸的人物，我像在梦中。成名这么容易？成名后的我不还和从前的我一样，放屁一样臭，吃葱嘴里一样有味儿，可为什么别人却像看神一样看我？

"您的片子我们买了，买首播权。"台长对我说。

"三百万人民币。"我开价。开价后的我心里忐忑不安，这数目毕竟够大的。

"这么好的作品，三百万是糟蹋它了。我们出三百一十万！"台长说。

这台长绝不是等闲之辈。我在心里说。经商有个诀窍，真正看准了独家货，一定要出比持货人出价还高的价买，此举必定导致你财源滚滚，止都止不住。

当场签合同。

"付支票？"副台长问。

"要现金。"我说。我还没有银行账号。

台长同意。

新百万富翁诞生。

"我们想买断你的所有作品，不知有没有这种可能？"台长试探。

"我很愿意，就怕你没这么多钱。"我说。

"你已经有几部连续剧了？"台长不信我拍了好多部电视剧放在家里睡觉。

"有一百多部共三千多集。"我说。我们家目前只有一百多张各种面额的钞票。

在场的人都傻了。

"质量比我拿来的这部强多了。"我让他们这些电视人再一次犯傻。

"很遗憾，我们无法买断了，财力不足。"台长眼里甚至出现了泪花，无比惋惜。

"今天晚上我们在黄金时间安排播出您的大作。"播出部主任对我说，"我们还希望您能安排时间接受本台记者的采访，观众们一定急于了解您的一切。"

"可以。"我首肯。

当我将数百万元钞票背回家时，妻和儿子欣喜若狂。

每一张钞票都能为我们再赚回至少一百万元。保守估计，顶多一年，我们将坐上世界首富的位子，把盖茨他们甩得无影无踪。

当晚电视台播出了我们的电视剧，一炮走红，万人空巷。

我又陆续以总共三千万元的价格向不同的电视台出售了七部电视连续剧。观众们看得死去活来。不少家庭为了抢频道看我的不同电视剧而烽烟四起，夫打妻爷骂孙六亲不认，电视机厂商趁机大肆推销积压产品。我的名字在一夜之间家喻户晓。我的公司总经理差点儿给我下跪求我出任公司董事长。我谢绝了。总经理一把鼻涕一把泪离开我家时嘴里不停地说："我有眼无珠有眼无珠……"

我花三百万元在郊区买了一幢花园别墅，我永远忘不了妻头一次跨进别墅时的表情，还有儿子。

这栋别墅共三层，一层是会客厅和厨房、餐厅，还有车库。二层属于儿子。三层由我和妻支配。每间屋子都配有独立的卫生间，卫生间里有漩涡式波浪按摩浴池。

不知怎么搞的，全家迁居之后，渐渐地没有了第一次见到别墅时的喜悦，我们觉得这不像家，倒像是外出参加一个什么会议。平时各人闷在自己的房间里，只是在吃饭的时候才互相见面互致问候。置身在这样的环境中，家庭成员之间的关系自然礼宾化了，交谈中也开始使用外交辞令。原先那种亲密无间的家庭关系不见了。

我买了一辆奔驰600轿车，自此告别了自行车和公共汽车。自从出门开奔驰后，我的体重与日俱增，直至血压向我发出警告才引起我的重视。

世间万事都是有得就有失。

没钱的时候想有钱，有了钱后最爱干的事就是回忆没钱时的情景。

不管怎么说，我的后代从我开始有个好祖宗了。我闲暇时最爱幻想的就是以下场面：

当一个坏蛋企图用金钱勾引我的孙子时，我的孙子冲他一笑："对不起，爷爷给我留的钱一辈子也花不完。"

正如儿子所言，自从我的电视剧垄断了荧屏后，天下的导演、演员、制片统统失业了。我收到了他们寄来的恐吓信。我不得已雇了保镖。

我尝到了成功的滋味儿。钱能给人自由，也能将人囚禁。钱是翅膀，同时又是脚镣。钱在让你飞起来的同时，捆住你的双腿。

我替那些望子成龙最终孩子成了龙的父母和他们的龙子龙女捏一把汗。

我为那些望子成龙最终孩子没成龙的父母和他们的孩子感到庆幸。

我和奔腾验钞机的故事到这里该结束了。我现在已经是世界首富，我的个人资产净值为九百五十八亿美元。我期待的幸福感并没有降临。

今天上午，儿子的女友于百无聊赖中从身上拿出几张钞票，说想看它们的经历解闷，我同意了。

顺序如下：

一、100元面额人民币；1990年版；号码PG04484158。

二、50元面额人民币；1990年版；号码AU10539280。

三、10元面额人民币；1980年版；号码TJ03903518。

四、5元面额人民币；1980年版；号码FP55980166。

五、1元面额人民币；1960年版；号码Ⅷ I 92975321。

六、1美元面额美金；1988年版；号码A96898765A。

不知你是否曾经拥有这几张钞票，如果曾经拥有，你也将进入下面的故事中。

100 元钞

币种：人民币　版别：1990 年版　号码：PG04484158

　　我是一张 100 元面值的人民币，我的号码是 PG04484158。开始时，我对于编号挺反感。后来，我知道人类也是被编号的，他们的身份证上就有号码，才不再耿耿于怀了。

　　干什么都不如投个好胎。当我知道我的面值在人民币中是老大时，心里这样想。我身上的这四个头像并不是每种面值的钞票上都有，这是我的殊荣。

　　我的身躯是由特殊的纸制作的，据说，这种纸里主要靠掺进了一种特殊的木浆才得以这般坚韧，而这种特殊的木浆取自一种特殊的树。这种树被种在孤岛上，由持枪的军人守卫。他们管这树叫摇钱树。每个自产货币的国家都种这种摇钱树，都派重兵把守。

　　当我从制钞厂的印刷机上下来，和我的同胞们被装进包装箱里时，不知道等待我们的将是什么。没人对我们进行培训。对于钞票来说，只有命运选择我们，我们无法选择命运。

　　"不知道咱们以后还能不能见面？"我下边的钞票问我。

　　"只有听天由命了。"我说。

　　"也不知人类怎么样？"我上边的钞票说。

　　"能造出这么多东西，一定挺聪明。"我说。

　　"听说人类最喜欢的东西就是咱们。"下边的钞票说。

大家都挺高兴。

其实，被宠是幸福，同时也是不幸。这个道理，我后来才慢慢明白。

经过了若干次天翻地覆和颠簸，我们终于又见到了光明。这是一家银行。

一位小姐的纤手拿起我们这捆新钞。她残酷地将我们分离，又将我们分别插进旧钞。

我一辈子也忘不了第一次闻到旧钞身上那股刺鼻的怪味儿时的感受。紧挨着我的那张旧钞浑身上下肮脏不堪，有的地方还破了，他身上的怪味儿让我恶心。

我极力想不挨着他。

"怎么，嫌我脏？"他用嘲弄的口气和我说话。

我点点头。

"今天是你第一次出来吧？"他问。

我点头。

"其实，我比你身价高。人们更喜欢旧钞，旧钞不会是假钞，假钞大都是新钞。"他说。

我茫然。

"这么说吧，表面看干净的东西，可能是最脏的东西。表面看脏的东西，说不定正是最干净的东西。"他给我解释。

我觉得他是在骂我。

"你以后就明白了。咱们到这个世界上，任务就是和人打交道。时间长了，你会懂很多道理。不过我可以告诉你一点，越是道貌岸然的人，你越要小心提防。地球上的东西往往是反着来的。"他挺爱说。

我还是不明白。

"我给你举个例子吧。三年前,我像你现在一样冰清玉洁,碰到的第一个主人,是一位特有头脸的人物。论学历,博士后;论身份,是个不小的官儿。反正经常给别人做报告,讲话,整个儿一人类的楷模。有一天晚上,他把我从钱包里抽出来,我不知他要干什么,在家里又用不着花钱。只听他自言自语地说,'这么新的钱,明天要花出去了,真可惜。'我知道就要离开他了心里还挺难过,没想到他突然用手将我揉得乱七八糟。我第一次尝到被蹂躏的滋味儿,浑身布满了支离破碎状的褶子。他还不解气,又将我拦腰撕了几个小口子。"

我瞪大了眼睛:"为什么?"

"他意识到不能继续拥有我这张新钞,也不让别人拥有新钞。"

这就是我听到的关于人类的故事。我不知道应该感激这张旧钞还是应该恨他。

我对我的未来充满了担忧和恐惧。

会有多少人给我当主人?他们都是些什么样的人?

正当我为自己的未来担忧时,撂在我们上边的那捆钞票被拿走了。

"咱们就快离开银行了。"紧挨着我的脏钞票有经验地说。

我有点儿紧张。我看到柜台外边站着不少等着取钱的人。我不知道哪个人将成为我的第一个主人。受脏钞票的影响,我特怕我的第一个主人是道貌岸然的人。

"17号!"坐在我们身边的银行小姐喊。她的声音尽管不大,但给人一种她要把自己的钱借给别人的错觉。

"在这儿。"17号将一块黄颜色的铜牌隔窗恭敬地递给小姐。

"取多少?"小姐盘问。

"57200元。"17号像对暗号。

我们这捆钞票连同其他几捆钞票被递到 17 号手中。

17 号将我们这些被五花大绑的整捆钞票放在一边，开始清点那属于 7200 元的零散钞票。

利用这个空隙，我观察 17 号。我认为她是我的第一位主人。

17 号是位三十六七岁的妇女，中等个儿，头发曲里拐弯的，妆化得比较拙劣，属于那种花钱把自己往难看了弄的人。她的手一定触摸过不计其数的我的同胞，她数钱的速度不亚于银行的小姐。

"别观察了，她不是你的主人。"我身边的脏钞票说。

"咱们不属于她？"我纳闷。

"你看她那俗不可耐的气质，像有五万块钱的人吗？"脏钞票说。

"我看她挺有钱，手指上戴着四个金戒指呢。"我对自己的观察力感到满意。

"你太浅薄。我告诉你一个真理，有钱的人都怕别人知道他有钱。没钱的人都怕别人知道他没钱。越是往身上招呼金银饰物的人越穷。这么说吧，戴一个戒指的人如果有五万元钱，那戴两个戒指的人就只有一万元。戴三个戒指的人有五千元，戴四个戒指的人大概就只有一千元。"脏钞票滔滔不绝地向我传授他的生活经验。

我半信半疑。

"既然她不是咱们的主人，她取走咱们干什么？"我问脏钞票。

"她大概是什么单位的出纳，来银行取工资。"脏钞票判断。

"什么叫出纳？"我问。

"人类里和咱们打交道最多的人，手脚大都不干净。"脏钞票说。

"他们不讲卫生？从不洗手洗脚？"我挺怕脏手碰我。

"我说的手脚不干净是贪污的意思。贪污，懂吗？就是侵吞不属于自己的钱。"脏钞票边说边做了一个嫌脏的动作。

我希望他说的是假话。

17号拉开一个黑皮包，将我们依次放进皮包里，我注意到，她身边站着两个大汉。

"那是临时保镖，单位派来为咱们保驾护航的。"脏钞票说。

"保驾护航？"我又一次听到新名词。

"怕歹徒抢咱们，也怕出纳贪污。双重保镖。"脏钞票告诉我。

听了他的话，我对自己的命运更加担忧了，看来我们在人类生活中的位置的确是举足轻重的。越是重要的东西，危险系数就越高。

我和其他同胞被装进提包，拉链在我们头上无情地合拢了，提包里伸手不见五指。我四周的脏钞票们身上那股刺鼻的怪味儿包围了我，我感到头晕。

提包开始摇晃。脚步声。交谈声。

"历险记开始。"脏钞票叹了口气。

"什么历险记？"我愿意和脏钞票侃，一来长见识，二来借此排遣因黑暗产生的恐惧感。

"咱们从每次离开银行开始，到再回到银行，都是一次历险的过程。"脏钞票说，"就说上次吧，也是这么一个黑包装着我和同胞们，也是几个彪形大汉当保镖护送一位女士拎着提包。当我们上了专车走了没多远……"

"什么专车？"我问。

"就是取钱的单位专门派来接咱们的小汽车。"脏钞票解释，"汽车开出没多远，车身就歪了。你猜怎么了？汽车的轮胎瘪了。大家都下车帮着司机换轮胎。就在这时，从车窗外边伸进来一只手，把装着我们的提包顺手牵羊拿走了。"

"那只手是谁的？"我的心提到了嗓子眼儿。

"歹徒呗。那歹徒在银行门口往汽车轮胎上扎了钉子，汽车开出不远就得抛锚，歹徒不费一枪一弹就抢走了几万元。"脏钞票说。

"歹徒怎么知道哪辆车是咱们的？"我问。

"大凡银行门口停的车，十有八九是咱们的专车。"脏钞票说。

"后来呢？后来你们落入了魔掌？"我想象不出落在歹徒手中是什么滋味儿。

"对于咱们来说，落在好人手中和落在坏人手中倒没有太大的区别，待遇不变。咱们钞票又没有性别。过了不到一个月，抢我们的那小子被警察抓住了。"

我没说话。我们来到这个世界上就是让人类占有的，有人占有我们光荣，有人占有我们蹲监狱。

"这么说吧，一个人劳动了，咱们是对他的奖赏。另一个人不通过劳动得到咱们，等着他的准是监狱。"脏钞票好像知道我的心思。

提包上了一辆汽车，汽车启动了。

但愿轮胎别放气，我想。

"你别听我一说就杞人忧天。其实，你应该为自己投了钱胎感到庆幸。"大概脏钞票感到他对我灌输的东西太消极，又峰回路转柳暗花明地说。

"当钱有什么好处？"我问。

"世界上还没有第二个东西能像咱们这样可以畅通无阻不被人拒绝地贴近每一个人，咱们是地球上唯一的。咱们可以随便进入任何人的家，随便贴近任何人的身体，任何人都向咱们开绿灯。谁能有如此丰富的阅历？咱们是全人类唯一的通用朋友，当然，也是全人类唯一的通用敌人。换句话说，咱们是人民公友，也是人民公敌。"脏钞票说着说着不留神又消极了一回。

不管怎么说，经他这么一开导，我的心宽了不少。也是，来到这个世界上，当然经历越丰富越有意思。其实，经历才算得上是财富，到老了，回忆自己干过的事大概是一种享受。既然这样，干吗不趁着年轻的时候多一些阅历，也好给寂寞的晚年积累回忆的素材。这才是真正的养老金。

汽车停了。提包又开始晃动。

"咱们这是去财务室，今天是这个单位一个月中最振奋人心的日子。"脏钞票像导游，到哪儿都对我说解说词。

"为什么？"我问。

"发咱们，他们叫发工资。"脏钞票说，"干了一个月，该拿报酬了。"

脏钞票的话刚说完，提包的拉链就被拉开了。提包里顿时一片光明。

我们被17号从提包里拿到桌子上。桌子上有一摞牛皮纸信封。

几个手上戴两枚以上金戒指的穷女士帮17号分钱。不知为什么，我希望和脏钞票分到一个信封里，大概是希望他继续为我指点迷津，或者说把我扶上马送一程。

遗憾开始关照我了。一位留短发的女士发现了我，把我从同胞中抽了出来。

"这张新钞给我吧，我拿它当给孩子的压岁钱。"短发将我塞进属于她的工资袋。

我和脏钞票分手了。我甚至没有记住他的号码。我希望再次和他相遇。我认为可以将他称为我的启蒙老师。

大约半个小时后，我和另外几位同胞被装进了短发的钱包。短发成为我的第一个主人。

短发钱包里的钱的面值都比较小，有10元的、5元的，甚至还有1分的。他们对我不像脏钞票那么友好，他们显然对我有敌视情绪，大概是因为我的面值和崭新程度。

钱包被短发藏在位于胸前的上衣暗兜里，我能感受到短发胸脯的一起一伏。后来我才知道，胸口是人类身体最重要的部位，很多人因为钱，终止了这个部位的正常运行。我们和人类的心脏不兼容，换句话说，我们不支持人类心脏的蠕动。

当天晚上，在短发家的卧室里，我见到了短发的先生。

"这张新钞票留着给儿子当压岁钱。"短发将我从钱包里抽出来，递给先生。

先生接过我，好像是习惯性地将我对着灯光照了照。我觉得这是对我的侮辱：我怎么会是假钞呢？

看得出，因为我和我的另几位同胞光临他们家，这对夫妇很高兴。

后来我的经历告诉我，我们光临谁家，谁家的主人就有可能因为我们的到来而兴奋。

我在一个带锁的抽屉里静静地躺了大约两个星期后，一天晚上，短发家的气氛明显地同往日不一样。往常，短发夫妇同他们的儿子说话都采用训斥的口气。而今天他们一反常态，改用平等的语言同儿子交谈。后来我才知道，这天叫除夕，是春节的前一天。春节算是人类的二级计算日。二级计算日是我给人类计算时间的方法起的名字。一级计算日是世纪。二级计算日是年。三级计算日是月。四级计算日是天。一般人也就能活二级计算日，所以他们特别重视过年。其实，过一个年就少活一年，可他们却兴高采烈，这是我一直弄不明白的事。依我说，过年应该放哀乐，全家在哀乐声中抱头痛哭阖家团聚的时间又减少了一年。可人类不。

我躺在红纸包里，被放在短发卧室的床头柜上。房间门没关，我能听见他们一家人一边吃饭一边说话。

"兔子，明天你就十四岁了。"短发对儿子说。

短发儿子的小名叫兔子，能给孩子起这种小名的父母，起码不俗。

"该懂事了，以后更要努力学习，不要靠大人督促，应该自觉。我们小时候……"短发的先生和儿子交谈时最爱提自己小时候，爱拿自己的童年和孩子的童年比较。比较方法千篇一律，总是他的童年条件不如儿子的童年条件好，他在童年时的吃苦精神和所有综合素质比儿子今天的素质强。后来我才知道，人类从猿猴起世世代代就使用这同一方法教育子女，一直沿用了五十万年。据说，人类中为人父为人母者没有一个人没对子女说过这种内容的话。

兔子表示接受父母在除夕之夜的期望，表示要更加自觉地努力学习。我为这一家人的融洽高兴，我不喜欢听他们争吵，从这个意义上说，希望他们天天过年。

短发从餐桌旁站起来，她的脚步声在接近我。我感到她朝我走过来了。

短发将裹着红纸的我递给兔子。

"这是我和你爸爸给你的压岁钱。"短发深情地对儿子说。

我到了兔子的手中，我感受到青春的气息。

晚上，在兔子的卧室里，我被兔子从红纸包里抽出来。很显然，他喜欢我。

不知为什么，我对我的第二位主人非常满意，觉得他身上有一种纯真的东西。当然，后来我才晓得并不是所有孩子身上都具备这种东西。

当天晚上，我在兔子的枕头下边睡了一夜。

第二天是大年初一，兔子一直睡到上午十点才醒。醒来后，他顺手从枕头旁抄起一本书，躺在床上看书。

我听见他一边看一边笑。

"兔子，起床吧，一会儿该来客人了。"短发推门叫儿子。

兔子坐起来，顺手将我从枕头下面抽出来夹到书中当书签。

我被夹在书中的两页纸中间。两页纸上除了密密麻麻的文字外，各有一只小老鼠。

"100元的钞票，兔子发财了。"我上边的那只戴飞行帽的老鼠说。

"还是新票子。"我下边的戴坦克兵帽的老鼠隔着我和同胞聊天。

"你们好。"我说。

"你好。我叫舒克，他叫贝塔。"我上边的老鼠挺有礼貌。

"这本书叫什么名字？"我问。

"《舒克和贝塔历险记》。"贝塔说。

"历险记？"我想起了脏钞票管我们离开银行后的经历就叫历险记。

"看过？"贝塔问。

"没有。"我说。

"有点儿遗憾。"舒克说完给我讲了一段他们的历险故事。

我觉得很有意思，难怪兔子看这本书时老笑。

"同样是纸，你当了钱，我们当了书。人比人，气死人。"贝塔冒出这么一句。

"我看当书比当钱好。"我反驳道。

"那看当什么书了，我们在书里算是相当不错了。"舒克说。

我同舒克和贝塔就这么一直聊，他俩给我讲了不少令我眼界大开的趣闻，凡是刺激的事都同我们钱有关系。

正当我们聊得热闹的时候，兔子又拿起这本书，先将我从书中抽出来，然后津津有味地读。我躺在桌子上看兔子读书。

书的确是一种神奇的东西。同样是纸，人在看书的时候和看钱的时候的目光是不一样的。虽然我的身价抵得上好几本书，但我觉得实际上我的价值抵不上一本薄薄的好书。

两个小时以后，兔子再一次将我当书签夹到《舒克和贝塔历险记》中。这一次的位置和上一次不一样了，挨着我的那张纸上是一位小姐。

经过攀谈，我们交上了朋友。

她叫鲁西西，也是这本书中的主人公。

我请她谈谈对钱的看法。

"钱是烦恼的根源。"鲁西西停顿了一下，又说，"钱是保持自由的工具。"

"好坏都让我们占了。"我说。

"不管怎么说，你的经历肯定比地球上任何东西都丰富，光这一点，就够让人羡慕的了。"

"我希望能多碰到好人。"我想起了脏钞票说的那个道貌岸然的伪君子。

"没有十全十美的好人。再好的人，也有坏的一面。"鲁西西给我上课，"就好比不管什么事，只要发生了，肯定好坏各占一半。任何事情都是由好坏拼插而成的。"

我还不能完全听懂鲁西西的话，但隐约觉得有道理。这种道理，属于振聋发聩那一类。

我在这本书中连续当了好几天书签，这是我一生中最美好的时光。告别《舒克和贝塔历险记》的日子终于来到了。

兔子的班主任老师动员学生们在学校订阅报刊，还发给每位同学一张密密麻麻的印有诸多报刊名称及价格的纸。

兔子向父母要钱。

"不是自愿订阅吗？"爸爸皱着眉头看那张纸。看来他对学校三天两头收费烦透了。

"每人必须订一种。"兔子小声说。

妈妈叹了口气。

"这次不订了。再说了，你去年订的那几本刊物拿到了吗？"爸爸问兔子。

"偶尔也发。"兔子说。

"你想订什么，我在单位给你订，丢不了。"妈妈说。

"老师说那不算数，在学校订才算数。"兔子说。

"不订。"爸爸拍板。

兔子回到自己的房间。我听他自言自语地说，不订会挨老师说，干脆自费吧。

兔子将我装进衣兜里，他要用压岁钱到学校订他并不需要的报刊。

我知道就要离开兔子了，心中十分惆怅。

第二天早晨，兔子收拾好书包，去上学。

我感觉到街上有许多人在行走，还有疾驶的汽车。我十分珍惜和兔子在一起的这最后的时光。

兔子走上一条僻静的小街。

"借大哥一点儿钱。"一个十六七岁的男孩子挡住兔子的路，对兔子说。

兔子站住了。

"听见没有？"那小子重复了一遍刚才说的话。

"我没钱。"兔子胆怯极了。

"我检查检查,你要是骗大哥,可别怪我不客气。"大男孩儿朝兔子走过来。

我惊讶极了,不相信在光天化日之下会发生这种事,而且抢劫者是未成年人!

一只手伸进兔子的衣兜抓住了我,无情地将我掠夺走了。

"什么没钱?小小年纪就会撒谎。"大男孩儿教训兔子。

"那是我交书报费的钱,还给我吧。"兔子哀求。

大男孩儿用攥着我的手给了兔子一拳。我头一次挨兔子的脸,是打他。

我看见兔子的脸青了。

兔子含着眼泪朝学校走去。

我想杀了我的新主人。

为了得到我们,地球上每分每秒都有人在犯罪,其年龄范围之广令我瞠目结舌,从几岁一直到上百岁。不管多大岁数的人,在钱面前,一概年轻。

我不知道是我们毁了人类,还是人类毁了我们。

我仔细观察将我抢来的这位新主人的表情,想知道从别人手里掠夺钱的人的心态。

他长得很帅,比兔子精神多了,甚至可以说是伟岸,从表面看,一点儿不坏。我不由想起了脏钞票关于道貌岸然的人骨子里最坏的提示。

他的头发挺长,从脑袋的中间向两边分开。从正面看,头上像顶着一个长满了黑毛的屁股。

中分将我抢到手后,显然很兴奋。他居然也对着光给我透视,看看我的身体里藏没藏着一个能证明我的身份的伟人头像。坏人和好人一样怕假钞,一样喜欢真钞。

中分将我装进他的衣兜。我想起了兔子的妈妈刻意留下我这张新钞给儿子当压岁钱的良苦用心，她大概做梦也想不到自己是给抢劫犯准备新钞。

中分揣着我走进一座学校，开始和同学们打招呼，还特有礼貌地向遇到的每一位老师问好。我估计，如果有人向大家宣布中分是抢劫犯，保准没人相信，大家觉得中分在学校表现很好。"表现"是人类对其成员的一种评价。其实，后来我才明白，表现实际上是表演。说一个人表现好，应该说他是表演好。一般来说，表现（表演）越好的人，骨子里越不好，越可能在背地里干着令人意想不到的坏事。我知道我的这个看法有些偏激。

我粗略统计了一下，在学校的这一天，中分受老师表扬四次。

中分在学校表演完了后，回到家里。我认定中分的父母一准是惯盗，我觉得品质有百分之九十五是遗传。

没想到中分有一个很正派的爸爸，他个子不高，觉悟却不低。当中分的妈妈准备给儿子洗衣服发现儿子衣兜里有我时，将我交给了中分的爸爸。

"雨衣，这是我从孩子的衣兜里发现的。"中分的妈妈对丈夫说。

雨衣是中分的爸爸的名字。

雨衣见到太太从上中学的儿子身上搜出了100元钞，显然很吃惊。他们为了儿子的健康成长，从来都把儿子的零用钱压到最低限度。

雨衣接过我，和太太对视了半分钟。两人的目光证实了我不是经他们其中的任何一个人的手给儿子的。

我看见雨衣的眼睛里露出一种恐惧的光。雨衣大概想把儿子培养成高官，而通过我这来历不明的100元钞票，他的脑海里浮现出给手铐脚镣当爸爸的场面。

"叫他来。"雨衣的声音里全是愤怒。

中分的妈妈去叫儿子。

我当时的感觉是正义永存。

我为兔子高兴。

中分极若无其事地走进爸爸的房间，还不知道赃款已被发现。

"这是哪儿来的？"雨衣拿起我给儿子看。

中分连眼皮都没眨巴一下，就说：

"捡的。放学路上捡的。"

中分随机应变的本领令我吃惊。

"捡的？"雨衣表示怀疑。

"真是捡的。"中分一脸的真诚。

雨衣被儿子蒙骗了。

"为什么不交？拾金要不昧。"雨衣说。

"我是要交给您，写作业写忘了。"中分解释。

雨衣点点头，示意儿子可以继续去写作业了。

我真想大喊一声我是被中分抢来的。

就这么眼睁睁地看着中分被无罪释放了，我为兔子悲哀。

不管怎么说，中分虽然抢了我，但不能拥有我，我将被雨衣上交。想到这一层，我稍微平衡了点儿。

雨衣顺手将我塞进他的钱包。

钱包里没有百元钞，挨着我的是一张50元面值的旧钞，还有几张10元钞和1元钞。他们对我的到来表示欢迎。

钱包的另一层里装着雨衣的身份证和工作证。

从这些证件上，我知道了雨衣四十六岁，在工作单位是个处级干部，管着六七个人。

"你从哪儿来？"50元钞问我。

我把我的经历告诉他。

"这种事我碰得多了，你不必太在意。"50元钞见我对被中分抢了耿耿于怀，便开导我，"人类很多成员活着就是为了得到咱们。有的人通过劳动，有的人通过偷抢，有的人受贿，有的人贪污。目的只有一个，占有咱们，再通过咱们去换取物质享受、精神享受和身体享受。"

"心里总觉得别扭。"我说。

"作为钱，要是没有这点儿心理承受能力，那你可要遭大罪了。"50元钞说，"就拿我说吧，昨天上午，我的一位主人用我去一家书店买了几本书，售货员将钱柜里的100元和50元大面值钞票用夹子夹在一起，我也被夹在里边。下午，有两个男青年走进书店。他们不说话，对着店员打手势。"

"为什么？"我问。

"他们是聋哑人，属于残疾人。"

"什么叫残疾人？"

"身体的某一部分有缺陷，好比咱们钞票被撕坏了或缺少一部分。"

我挺同情那两个不会说话的青年。

"其中一个人买了一本书，递给收款的小姐一张百元钞。小姐找给他应该找的钱后，他向小姐表示找多了。"

"找多了？不是正合适吗？"我说。

"他认为找多了。"50元钞说。

"聋哑可能也影响智力。不过，认为人家多找了他钱，这种人品质真不错。"我更加对那两个聋哑人有好感了。

"另一个聋哑人表示要买一本什么书，由于表达不清书的名字，

035

店里的所有工作人员都到他身边去帮他参谋。"

"聋哑人购物真不方便。"我说。

"大家热情地为这两个聋哑青年服务。收款小姐看见聋哑人认为她找多了钱,更是十二万分感动,认定自己碰上了雷锋。最后,那聋哑青年干脆自己把手伸到钱柜里给自己找钱。就在这时,聋哑青年用迅雷不及掩耳之势将我们这捆大面额钞票席卷进他的衣兜。"

"为什么?"我不明白。

"这是两个骗子。他们卑鄙地利用人类的同情心,装成聋哑人行骗。一个调虎离山,把工作人员都吸引到书店的一个角落。另一个假装多找了钱,趁机行窃。"50元钞说。

"……"我说不出话。

"从表面看,偷我们的那个青年相貌特慈善,特文雅,杀了你你也不会认为他是坏蛋,电影电视里的正面人物英雄人物都是他这副模样。"

"店员没发现?"

"直到他们离开书店,店员们还恨不得夹道欢送呢。当然,她们早晚会发现。我们这捆钱大概是2600元。那两个小子出门后哈哈大笑,还说那帮店员太笨。"

我由同情"聋哑人"转为同情店员了。

"人身上最宝贵的是同情心,最容易被坏人利用的,也是同情心。"50元钞说。

"你怎么从这两个坏蛋手里到雨衣的钱包里的?"我问。

"他们当天下午就把我花了,我又被一家商店找给了雨衣。"50元钞说,"像你们百元钞不如我们的灵活性大,你们不会被当作零钱找给别人。一般来说,你们会经常回到银行。"

"面值越小,机动性越强?"我问。

"那当然，1元钱更灵活。上午在北京，下午可能就到了海南，晚上又到了乌鲁木齐。"50元钞说。

"但愿我少接触坏蛋。不舒服。"我为自己祈祷。

"你说的坏蛋是露在外边的坏蛋，这不算真坏蛋。真正的坏蛋不偷不抢。我曾经有一位主人，身居要职，受人尊敬，社会地位特高。正是他，一次就受贿三十万元。我就是那三十万元之一。"50元钞说。

我几乎对人类失去信心了。

"你也不必太灰心。其实，再好的人，也有坏的一面；再坏的人，也有好的一面。我碰到过一个警察，特英勇特正义。有一天，他徒手擒获一名持枪歹徒，多棒。一小时后，他在自己的家里因孩子考试比上次少了五分而打孩子。"

"……"

"其实这很正常。你必须改变看人的眼光，这世界上不管什么事，只要有了这件事，或人或物，利弊就各占一半儿。万变不离其宗。"

我想起了鲁西西，她也说过类似的话。

"你将来的路还长。如果不改变这个观念，那你可就遭罪了。"50元钞说。

"谢谢。"我感激50元钞的提醒。

不知怎么搞的，我总也忘不掉那两个装成哑巴行骗的年轻人。我觉得他们很可怜。

第二天早晨，雨衣穿上装着我们这个钱包的上衣，准备去上班。

"好好上学！"雨衣用伟大领袖般的口气教训儿子。

"是！"中分背上书包出门。

"这小子八成又要去劫低年级同学。"我对50元钞说。

"按说雨衣这样的人不应该生出这么恶劣的儿子。"50元钞说。

雨衣骑自行车上班。

经过大约四十分钟的路程，雨衣到了他的单位。

"咱们快分手了。"我对紧挨着我的50元钞说，"雨衣该把我上交了。"

"希望还能见到你。"50元钞对我说。

雨衣走进办公室，和下属们打招呼，抢着打扫卫生。

"雨主任，局长打电话叫你去他办公室。"一位酸了吧唧的小姐对雨衣说。

雨衣立马往局长办公室走。

"雨衣八成顺手就把你交给局长了。"50元钞判断。

"局长，您找我？"雨衣用另一种声音和局长说话。这种声音和他同亲属下属说话的声音不一样，很谦恭。

"你坐。"局长示意雨衣往沙发上坐，"给你们部门一个去韩国出访的名额，我看就你去吧，下个星期三出发。"

"还是让于副主任去吧，我最近事挺多，工作离不开。"雨衣毕恭毕敬地说。

"这……"听得出局长很激动，"你再考虑一下。"

"不用考虑了，就这么定了吧。"雨衣说，"您还有别的事吗？没事我得去和小汪谈话，最近小汪上班老迟到。当然，他表现还是不错的。"

"没别的事了。"局长说。

雨衣从局长办公室出来，回到自己的办公室。

"他忘了把你交给局长了。"50元钞说。

"把出国的机会让给别人，雨衣真不错。"我终于碰到了高尚的人。

"你别忘了我昨天说的装哑巴的人。"50元钞给我泼冷水。

"你把人都看得很坏也不对吧？"我反驳。

"我已经和人类打了五年交道了。我发现，人活着，就必须和人类的其他成员交往。而人和人的交往是一门学问。许多人因为看不准人而苦恼。看准人是一种才能。"50元钞说。

"看人有诀窍吗？比如说，有能通用的公式什么的。"我问。

"当然有。我告诉你一个看人的绝招儿，如果你记牢了并在同人交往时使用它，保准终生受益无穷。"

"你说。"我决定牢记50元钞的看人绝招儿。

"你只要碰到积极的人，马上就要提高警惕，他准有不可告人的目的。正常人善良人会按部就班地走人生的路，不会表现自己。凡是表现自己的人都是表现给别人看的，都是人为地让别人觉得他好，真正的好人不会刻意装扮自己。凡是刻意装扮自己的，绝没有好人。"

"雨衣不是这样的人。"我说。

"他是不是我不知道，有点儿心理准备对你有好处。"50元钞说。

不管怎么说，我还是把50元钞教给我的看人诀窍牢牢记在心里了。

雨衣朝气蓬勃地上了一天班，当他的下属乃至整个单位都知道他把出国的机会让给别人时，大家对他赞不绝口。

直到下班，雨衣还没想起上交我。

晚上，雨衣在床上和老婆的对话使我受益终生，永生不忘。

"今天局长安排我出国。"雨衣说。

"真的？"老婆兴奋，"去哪儿？"

"韩国。我让给于副主任了。"

"傻。"老婆说。

"你懂什么？你才傻。一个人在单位，必须有一两件事让大家一提起来就说你好，像我干的这件事，十年后还会有人夸我，你信不信？'瞧人家雨衣，连出国的机会都让给别人。'这种名声，好处极大，比出一趟国强多了。再说了，等我当了局长，还不是想去哪儿就去哪儿？韩国算什么？连美国咱们都跟串门儿似的。"

"于副主任才是傻，给你当了陪衬。"老婆明白过来了，抱着雨衣犯酸。

我躺在钱包里发呆。

50元钞一个劲儿安慰我。

第二天，雨衣仍然揣着我上班。

他从报纸上发现了一条消息，说是一个农村孩子得了白血病，最近住进了这座城里的医院，由于没钱治病，危在旦夕。近日，有不少热心人为该孩子捐款。

雨衣骑自行车赶到那家医院。他在男孩子住的病房外边转悠，不进去。

"他想干什么？"我问50元钞。

"大概是等机会捐钱。"50元钞说。

"等机会？"我不明白捐钱还要什么机会。

几个扛着摄像机的人走进病房。

"机会来了。"50元钞说。

果然，雨衣等到摄像机架好了，他迎着照明强光灯走进病房。

"这是我的一点儿心意。"雨衣掏出钱包，将我从钱包里拽出来，递给那男孩子的父亲，"我是工薪阶层。请你们一定收下。"

男孩子和父亲热泪盈眶。

"请您留下名字。"负责接受捐款的护士说。

"这点儿小事不算什么。你就写一个公民吧。"雨衣尽量把脸的正面对着摄像机镜头。

这时,我从男孩子的父亲手中到了护士手里。我目睹着雨衣表演,觉得他很丑陋。

雨衣离开病房走了,我希望不要再见到他。

冤家路窄。当天晚上,我们这些捐来的钱被放在一个塑料袋里,搁在男孩子病床旁的床头柜上。我从电视新闻上又见到了雨衣。

女播音员如此解说:

"这位说什么也不肯留下姓名的先生在捐了100元之后默默地走了,他的行为感动了在场的每一个人。哪位观众认识他,请速与我们联系,电话……"

这是一个最正宗的伪君子。

我为人类担心。

我不知道处心积虑一门心思往上爬的人是不是都这样。

第二天的电视新闻中,公布了雨衣的名字,他又一次出现在屏幕上。

捐款的人越来越多,我们这个塑料袋里的钱也越来越多。我看见兔子也来捐款,他捐了10元钱。我希望兔子能认出我。很遗憾,他已经认不出我了。

我还是头一次和这么多钱待在一个空间里,大家七嘴八舌地侃,新鲜事听不完,五花八门,应有尽有。

大家都是为了救那男孩子而被凑到一起的,话题自然离不开这件事。

"我那主人特怪,这小子是个不肖子孙。"紧挨着我的一张百元钞说,"对他爸爸特小气,几个兄弟姐妹竞赛着对父亲不孝,谁也不管老人家。最后,老人家离家出走,死在路边,暴尸荒野,作孽呀!"

"怎么会让父亲暴尸荒野呢?"我心里发冷。

"就是这小子，平时连一分钱也舍不得给他爸爸，今天捐款一出手就是 100 元。你说人这东西怪不怪？"百元钞想不通。

"我还听说有算计父母钱的啃老的人。"我说。

"连自己的生父都不爱的人，能爱谁？我要是当头儿，凡是让自己的父亲暴尸荒野的人，一律开除。"百元钞咬牙切齿。

"这个家伙对自己的父亲太刻薄了，没有人性的家伙。"另一张 10 元钞说。

"人应该善待自己。善待自己的最好方法是善待别人。善待别人的最好方法是宽容别人。"一张 1 元钞加入讨论，他的话挺深刻。

来为男孩子捐款的人络绎不绝。护士们将我们这些钞票分门别类清点打捆。

"已经有八万元了。"一天，一位长得很可爱的护士向大家宣布。

给男孩子治病的费用已经绰绰有余了。

我们被送进医院的财务室。

医生开始准备为男孩子做骨髓移植手术。

有钱挡不住生病。生病最怕没钱。

我们被锁进医院财务室的保险柜。保险柜里漆黑一片，还密不透风。后来，我无数次接触保险柜。我讨厌这东西，像监狱一样。没有盗窃犯，就没有保险柜生意，是小偷给保险柜构筑了市场。保险柜越多，说明小偷越多。

保险柜是人类为钞票准备的监狱。

监狱是人类为小偷准备的保险柜。

没有我们，就没有小偷。没有小偷，就没有保险柜，也没有警察。没有警察，就没有警匪故事片。没有警匪片，就没有电影明星。没有电影明星，就没有追星族。没有追星族，就没有对追星族冷嘲热讽的报刊专栏作家。没有专栏作家，就没有报刊。没有报刊，就没有印刷业……

地球上的所有东西都是互相连接的。连不上的，陆续被淘汰出局。

不知怎么搞的，我希望我和我的同胞早点儿被淘汰。

我在保险柜里被关了三天，全靠和同胞聊天打发时光。经常有同胞随时被关进来，向我们透露外界的种种信息。

我渴望尽快离开这监狱。

"在保险柜里待烦了吧？"挨着我的一张100元钞问我。

"在保险柜里烦，出去也烦。"我说。

"我第一次走出银行时，也像你这样，慢慢就适应了。你必须正视自己的身份。人看不惯这世界，可以出家当和尚尼姑。咱们不行，咱们没有自主权。"他说。

正在这时，保险柜的号码锁发出了转动的声音。

"咱们又要重见阳光了。"那张100元钞说。

"不知谁运气好，能出去。"我还是喜欢出去，尽管外边不如人意。

出纳的手拿住了我所在的这捆钞票。我和同胞们一起离开了保险柜。

出纳将我们交给一位穿白大褂的小姐。那小姐将我们数了一遍。

她给出纳写了张收条。

白大褂小姐拿着我们离开财务室，她穿过长长的走廊，走进一间有玻璃墙的房间。

"这是什么地方？"我问身边的那张100元钞。

"不知道，我是头一次进医院。"他说。

"献血的地方。"另一张来过医院的钞票告诉我们。

"献血？"

"人类的身体离不开血。有时有的人缺血了，需要别人给他输点儿。"

"能给别人输血的人不错。"我说。

"也不是白输，现在输血成了挣钱的一种方法，准确地说，是卖血。她把咱们拿到这儿来，就是拿咱们当给卖血的人的报酬。"那钞票说。

"卖血？"我这才知道人身上的原装东西也是一种商品，也可以换钱。那时还没有无偿献血。

我看见一个粗壮的中年男人将胳膊伸进玻璃墙上的小洞里，护士用胶皮管勒他的胳膊。他的血管在胶皮管的逼迫下万般无奈地膨胀给护士看。

护士拿起粗大的针管，极其职业化地将针头准确地刺进大汉的血管。瞬间，针管由白变红。我看见了血，维持人类生存的液体。

大汉旁边坐着一个面容憔悴的男人，四十一二岁，像乡下人。

"你不能再卖血了，你这个月已经卖了两次了。"一位护士对乡下人说。

"又是你，不想活啦？"另一位护士也加入了劝阻乡下人卖血的行列。

我渐渐听明白了，乡下人卖血是为了供孩子上学。他家特穷，可他一心要让儿子读书。他从儿子上小学一年级开始卖血，一直卖了十年。

有一位护士偷偷擦眼泪。她们凑了三十元钱送给乡下人。

刚刚抽完血的大汉也掏出十元钱送给乡下人。

我头一次切身体会到我们钱在人类生活中的位置。人类居然不惜拿血换取我们。

一位护士把我和另一张百元钞抽出来，递给那位大汉。我和那位同胞成了大汉这次卖血的报酬：二百元钱。

大汉将我们装进上衣的内兜，走出医院。

大汉走进一家商店，用我的同胞买了一些廉价的学习用具。我猜测他也是为了孩子上学卖血。

如果走投无路，几乎所有父母都会为了孩子卖血。孩子长大了如果遇到同样的情况，十有八九不会用同样的方式报答父母。但他们会为自己的孩子卖血。这是我后来发现的。

大汉住在一家挺不错的宾馆，我不相信能住得起这样规模的宾馆的人会去卖血。

当他走进一间有两张床的标准客房时，房间里的一个人对他的称呼吓了我一跳。

"巩副市长，回来啦。"那人说。

"回来了，给孩子买了点儿文具。"大汉由于刚抽完血，显然有些疲惫。

副市长？副市长卖血？！

刹那间，我觉得人类特有希望。

副市长卖血，凭这五个字，我就能无条件地爱人类。

从他们的交谈中我得知，这位姓巩的大汉是这个国家边远贫困地区一个市的副市长。他收养了在一次地震中失去了父母的三个孤儿，他还要养活自己的孩子和家眷，而他的工资一个月只有七百元。

为了让孩子们过得好一些，他偷偷地卖血，这是第三次。这次，他是利用到这座城市开会的机会偷偷地卖血。

副市长肯定有权弄钱，但他不。

我希望这个国家的官都这样。

如果都这样，保准再没有老百姓去卖血。

我在巩副市长的衣兜里待了一天，他的身上就我这么一张百元钞，其余的只是几张少得可怜的零钱。

在这个世界上，没有任何东西值得夸耀。不管什么人不论夸耀什么都是浅薄的表现。

不知为什么，我在他的身上悟出这样的道理。

这是一次全国市长会议。参会的都是来自各地的市长副市长，他们几乎把这座宾馆住满了。

由于巩副市长，我对这些市长都肃然起敬。当官一定要把自己当作老百姓的儿子孙子，如果当官的把自己当成老百姓的父母，就是狗官。

在晚饭的餐桌旁，一位挺年轻的市长问大家：

"谁有新钞？100元的。和我换一张。我一会儿去看一个亲戚，给外甥点儿见面礼，新钞看着舒服些。"

巩副市长将手伸进衣兜，我被他从兜里拿出来，递给那位年轻的市长。

"谢谢。"年轻市长用一张旧100元钞和巩副市长做了交换。

"张市长出手挺大方，一次就给100元。"有人和我的新主人开玩笑。

"头一次见外甥，应该表示表示嘛。"张市长说。

我还真有点儿舍不得离开巩副市长。

由于会议临时安排了一项活动，张市长没能去看外甥，我也就在他的钱包里住下了。

张市长三十九岁，年轻有为，是北方一座中等城市的市长。他仪表堂堂，说话干练有逻辑，很有魄力。

会议结束了，我随张市长登上了返程的飞机。

这是我第一次上天。虽然看不见外边，但我能感受到飞机引擎的轰鸣。人类的确不是等闲之辈，愣是用四个发动机把这么多人从一个地方腾空拽到另一个地方。

下飞机后，张市长坐上了专程来接他的汽车。

"不忙着回家，先去街上转转。"张市长对秘书说。

秘书吩咐司机。

张市长下飞机后不回家，先视察市容。我听见坐在前排的秘书使用车载电话通知电视台。

从前我在电视上见过市长视察的新闻，当时觉得市长挺累，走到哪儿都有摄像机跟着。

我觉得那秘书不该主动打电话。

电视台的采访车很快跟上了我们的汽车，摄像师扛着机器从打开的汽车顶盖上站出来拍市长的汽车。

行人纷纷驻足观看。

张市长示意司机停车。

张市长下车同市民聊天。聊物价，聊就业，聊住房，聊医疗费。

电视台的记者把浑身漆黑的录音话筒往张市长嘴边捅。张市长面对镜头谈笑风生。

张市长回到家里时，已经是深夜十一点了。他脱下外衣挂在衣架上，我所在的钱包在外衣的内兜里。

他的家庭成员有妻子和女儿。女儿已经睡觉了，妻子在等他。

张市长吃妻子给他准备的夜餐。他一边吃还一边向妻子说这次外出开会的趣事。

第二天一早，秘书来敲门，说是有急事。张市长匆忙中连外衣也没穿，跟着秘书走了。

待了一会儿，市长的妻子和女儿也出门上班上学去了。

房子里很静。窗外不时传来汽车的喇叭声。

大约在九点多钟的时候，窗户那个方向出现挺恐怖的声音，像是撬插销。

"小偷！"钱包里的一张5元钞提醒大家。

开始我还不信。我觉得小偷不敢到市长家行窃。

事实证明5元钞的判断是正确的。

两名小偷偷到了市长家。

真正令我吃惊的事还在后边。

这两个窃贼居然从一个沙发的垫子下边翻出了几十捆百元钞。凭我的经验，少说也有几十万元。

他俩将钱和其他搜寻到的值钱的东西席卷而去。他们没注意我们所在的外衣。

"张市长一个月挣多少钱？"5元钞问大家。

"大约一千多吧？"另一张1元钞说。

"他怎么会有几十万元钱？"我问同胞，又像是在问自己。

"我知道有一种罪叫巨额财产来源不明罪，如果一个人说不出大大超过他的收入的钱是从哪儿来的，就算是犯了罪。"一张10元钞说。

"巨额财产来源不明罪。"我重复了一遍。

"一位姓陈的副局长曾经给我当过主人，他就犯了巨额财产来源不明罪。当检察院立案查他时，他跑到一片树林里自杀了。"10元钞讲了一个耸人听闻的经历。

谁也不说话了。

我为张市长捏了一把汗。

中午，张市长的妻子回家发现被盗，立即打电话报警。

市长家被盗，显然是这座城市的大事。几分钟后，警察就来到现场。

市长也赶回来了。他等警察走后，埋怨妻子不应该报案。

妻子似乎明白了，脸色一下变得很难看。

那两个小偷当天就被抓住了。警察从小偷家抄到了几十万元钱。

张市长和妻子在家里得到信息后急得团团转。张市长打电话给两家公司的总经理，要求他们暂时当这笔巨款的主人，就说是托张市长买东西的货款。

一切都无济于事。

三天后的一个下午，张市长被检察院铐走了。电视台的摄像机又来了。

我也被当作赃款放在桌子上让检察官清点，我目睹了张市长被铐的全过程。

我想起了巩副市长卖血时的胳膊，那胳膊也被橡皮筋束缚着。

同样是手臂被束缚，却有天壤之别。

都是市长。

一个用自己的血换钱。

一个用钱换自己的血。

我在检察院的保险柜里只待了一天，在这里碰到的同胞都是赃款，我们交流着主人的劣迹。他们十有八九会因为我们掉头洒血。

一天后，我又回到了银行。

一位小姐熟练地清点我们，然后用和我们质地差不多的纸条将我们五花大绑。

第二天，我又和同胞躺在了银行柜台里边的桌子上，等待我们的新主人。

关于我后来的经历，我实在不想说了。

50元钞

币种：人民币　版别：1990年版　号码：AU10539280

　　就像人类往往记不清自己在婴儿时期的经历一样，我对我是怎么在印钞厂诞生的已经毫无印象。

　　我的第一位主人是个商人。他从银行的柜台上把我和我的同胞领回家。他的家是一套四居室的房子。他把我们交给一个女人。后来我才知道，她是他太太。他的太太长得像我身上印的那个女农民。

　　"罗马，这个月生意怎么样？"她问他。

　　我的第一个主人叫罗马，我觉得这名字有点儿洋。其实，中国字不管怎么排列都是地道的中国特色，你说克林顿是中国字还是外国字？我说是正宗的中国字。

　　"还行，我不想挣太多的钱。"罗马说。

　　女农民点点头，表示赞许。

　　我觉得他们挺怪，世界上还有不想多挣钱的人。

　　"最近你和丁副总的关系怎么样？"女农民问。

　　"悬，不过我会处理好的。"罗马说，"人能承受失败，不能享受成功。只能共苦，不能同甘。"

　　"人真怪，合作干事，干不成，永远是朋友；干成了，准变成仇人。"女农民叹了口气。

　　"其实也不一定，有个绝招儿，如果照着做了，干成了事，保准不会成为敌人。"罗马将双臂抱在胸前。

"什么绝招儿？"

"财聚人散，财散人聚。"罗马一字一句地说。

女农民点头。

我渐渐听明白了，罗马数年前同朋友联手创办了公司，在大家的努力下，公司效益不错。而人类有个毛病，可以共苦，不能同甘。干成了事，就意味着内讧即将开始。

罗马是聪明人，靠智慧避免了在人类中重演了无数次的携手创业后的化友为敌。罗马是知足的人，他枕边放的唯一的书是老子的《道德经》。我在他家的几天中，见他每天入睡前都要翻几页《道德经》。他最喜欢书中的"功成身退"和"唯不争，故天下莫能与之争"两句话。

开始我不理解这两句话的含义，后来才慢慢知道，人类喜欢通过和同类竞争求生存。而争了一辈子，没有真正的赢家。唯有不争，才没人能争得过你，你就成了真正的赢家。再有，不管干什么，都没有止境，永远也干不到头。不如取得了一定的成就后，见好就收，急流勇退。换句话说，就是"轰轰烈烈，飘然隐退"。

我觉得，如果一个人真能按老子说的做，全世界的人就都是他的儿子了。

我跟着罗马去过他的公司，他是公司的总经理。公司的员工都对他毕恭毕敬。看得出来，公司之间的竞争主要是人才的竞争。不过，我发现人类对人才的理解走进了误区。他们认为有本事的人是人才。其实，对于一个公司来说，敬业的人才是人才。世界上绝大部分事是不需要才能来做的。

人类走到今天，有才能的人好找，敬业的人难找。在分工越来越细的今天，敬业比才能重要。罗马对员工的第一要求就是敬业。

遗憾的是，敬业的人不知为什么一天比一天少。我在罗马的办公室里听见他同丁副总经理的交谈。丁副总经理是和罗马一起创业的人。丁副总经理希望加速公司的发展，而罗马则反对。

以下是我听到的他们的对话内容。

"咱们应该制订加速发展公司的可行性计划，现在市场对咱们很有利，机不可失。"丁说。

"我认为咱们的最佳选择是保持现有规模。"罗马说。

"为什么？"丁表示不解，"干吗放着钱不赚？"

"扩大规模必然要增加员工，而现在打着灯笼都难找敬业的人。聘用的人多了，就会良莠不齐。这就是为什么公司大到一定程度必然会垮台的原因。"罗马说。

"美国日本有那么多大公司，不是都挺好吗？"丁反驳。

"发达国家教育水平高，敬业精神强。不过，也不可能人人敬业。所以，即使在他们那儿，公司大到一定程度也必然垮台。打个比方，由于教育水平的差距，他们公司员工的人数到二十万就该倒台了，而我们到五万准垮。"罗马看着窗外说。

丁副总经理不说话了。看得出，他在心里同意罗总的决策了。

"那咱们公司就永远保持现有规模？"丁副总还有点儿不甘心。

"在人的素质普遍差的地方，保持中等以下规模，是经商的最佳方案。"罗马平静地说，"把握不住这个原则，准一败涂地。"

看来，员工的素质直接关系到一个公司的成败。经商实际上是经人。我有点儿明白了。

"这就是为什么第三世界没有大公司的根本原因。"罗马看着丁说。

"一个国家想发展，不从抓教育入手，绝对没戏。"丁已经开窍了。

"是这么回事。"罗马不知为什么叹了口气,"喊两嗓子可不算重视教育。就拿咱们的教育来说吧,培养的是应试才能,而不是素质。"

"的确,在一个人的童年,让他拼命写作业,应付多如牛毛的考试,绝对是摧残孩子。如果一个国家的教育是摧残孩子,那这种学校还不如不办。"丁的脸上出现了愁容。

教育水平直接关系到他的公司的经营,他没法不愁。

我这才知道,对教育最关切的,是商人。教育上不去,公司绝对红火不了。

"咱们的老师恨不得把孩子的脑子都塞进一个模子里去,你瞧瞧这种教育培养出来的人干的事。过节放礼花,八个燃放点同时燃放,然后同时休息,再同时燃放。"罗马说。

"依你说怎么放?"丁问。

"轮流燃放,轮流休息。造成此起彼伏的壮观景象。"罗马说。

丁副总经理的脸上呈现出心悦诚服的表情。

"如果学校不把培养学生的不肯受束缚不肯受奴役的性格当作首要任务,这学校就白开了。"丁说。

"岂止白开,是在害人。"罗马说,"咱们有些学校把培养学生甘受束缚甘受奴役当作首要任务。"

"咱们是不是应该投资办学校?"丁说。

"办一般的学校没用,要办就办师范学校。"罗马说。

"咱们不把盈利的资金用来再发展,就拿它投资办师范学校吧?"丁说。

"这主意不错。"罗马眼睛一亮,"这才是真正的造福社会。"

他俩开始制订投资办师范学校的可行性计划。

我希望自己能参加到办师范学校的资金里去。

罗马和丁副总经理一边商量一边使用笔记本电脑打字。我被笔记本电脑迷住了，那么小的东西，本事却那么大，像人类。人类在宇宙中是微不足道的渺小的，却极为神通广大。笔记本电脑是人类照着自己的样子制造的，活脱脱的人类的儿子。

人脑是宇宙中最伟大的脑子。可我昨天在罗马家听到电视上一则产品广告说，人脑需要鱼脑的支持才能聪明，还把鱼脑比喻成黄金。这是身在福中不知福。

说到黄金，我注意到罗马办公桌后边的墙上挂着的一幅字。上面写着"己所不欲，勿施于人"。这几个字的下边有一行小字，是"经商黄金法则"。等我弄明白了这几个字的含义后，我觉得这才叫黄金。自己不想做的事，千万不要让别人做。只要按这个黄金法则去经商，准赚大钱。你想花钱买质量差的产品吗？不想？那你就别生产质量差的产品。

凡是做生意赚不着我们的人，都因为没按照经商黄金法则办事。

如果经商的人记住了这条黄金法则并照着去做，当亿万富翁只是早晚的事。

我和罗马相处了五天，发现他不大花钱。大概是人越没钱越想花钱，有钱了倒懒得花了。

罗马的太太女农民喜欢买衣服，她总觉得自己衣服少。

一天早上，罗马对她说：

"我给你一万元，你拿着去买衣服。必须今天全花光。"

女农民显然很兴奋，也觉得挺刺激。作为一个丈夫，罗马说这话的时候特牛，也特享受。

我成为这一万元之一，跟随女农民去商场拿我们换时装。

我和同胞们都很开心，在出租车里神侃。

"你说她今天能花多少咱们？"一张百元钞问我。

"那还用说，一准全花光。"我说。

"绝对不会。"他说。

"你说她花多少？"

"一分不花。"

"一分不花？"我以为自己听错了。

"不信咱们打赌？"百元钞说。

"赌什么？"我觉得必胜无疑。

"谁输了谁下辈子当假钞。"他说。

"行，谁输了谁下辈子当假钞。"我认定他下辈子非投胎假钞不可。

我记住他的号码：PG04484158，1990年版。

女农民揣着我们逛商场，底气特足，好像对所有时装都不屑一顾。

手头拮据时，渴望买时装。真有钱了，倒不买了。

她逛了一天，转了七八个大商场，愣是一分钱没花。

我输了。同时也明白了一个道理：女人爱买时装，其实是心理不平衡的表现。心理平衡了，就不会把注意力集中在服装上了。幸福不是一种物质，而是一种心情，是人心对周围事物的反应，是人的感觉。

我们跟着女农民回家，她把我们完璧归赵交还给罗马，我以为罗马一定特吃惊。没想到他竟说：

"意料之中，意料之中。"

"你很坏。"女农民瞪丈夫的眼神充满深情，"让我从今天起失去了一种兴趣，你只花一万元就办了这么大的事。不，一分没花！"

罗马只笑不语。

我觉得这人很聪明，他的聪明来自老子的《道德经》。

真正的脑黄金不在鱼身上，在书里。

听罗马说，《道德经》只有五千字，却涵盖了人世间的一切道理。他还说，后人写了那么多书，动不动就数十万字上百万字，在做人的道理上，没有超过老子的。

我觉得世上的道理就那么多，谁生得早谁先明白谁先著书立说谁占便宜。

当天晚上，我们这一万元钱睡在一起。

我挨着和我打赌的那张100元钞，觉得他身上挺脏，想离他远点儿。他大概看出了我的想法，冲我笑了笑。

"我……"我有点儿尴尬。

"没关系，我以前也犯过这毛病。"他还挺宽容。

"其实，不管怎么说，你毕竟是100元的大钞。"我奉承他一句，想抵消刚才对他的不敬。在我们钱家族里，一般来说，面值越大越牛。

"居高思危，别以为大好。在大多数情况下，越大越倒霉。100元最容易被坏蛋觊觎，最容易被伪造。"他说。

我觉得他的话挺深刻，我就说不出这样的话。看来旧有旧的好处，起码经验丰富。

"经验特重要。"这小子好像知道我在想什么，"就拿他们人类来说吧，想发展离不开机会。可机会有真机会假机会。什么叫笨蛋？笨蛋就是分不清真假机会。靠什么鉴别真假机会？靠经验。"

"经验是怎么来的？"我生怕自己当一个抓住假机会不放的笨蛋，尽管我知道作为钱想抓住机会不容易。

"把自己变旧。"他说。

"我懂了，经验需要岁数的支持。"我不笨。自认为有悟性。

"那是直接经验,太慢。间接积累经验更重要。"

"间接?"

"通过书或其他媒介。人活着离不开交往,有人爱和同类交往。有人爱和动物交往。有人爱和书交往。和人交往麻烦多经验多。和书交往麻烦少经验多。和动物交往麻烦少经验少。"百元钞滔滔不绝。

"那还是和书交往好。省心。"我说。

"当然。不过,凡事都有利弊。书看多了,容易伤感。我认为老子说过的最伟大的一句话就是'绝学无忧'。"他居然也懂老子。

"今天的孩子是有学有忧。"我想起了罗马的女儿,那孩子放学后回家写作业能写到晚上十一点,这叫上学吗,叫上刑差不多。

"人有时候挺蠢。就拿罗马的太太来说吧,死活不敢辞职,抱着铁饭碗不撒手。怕什么?怕生病没有公费医疗,也不盼点儿好!再说了,小病谁也不会为医疗费发愁,大病有多少钱也挡不住死。"百元钞说。

我开始爱听他说话了。

"像他们人类,一辈子其实就干两件事。第一件,努力得到想要的。第二件,享受已经得到的。遗憾的是,绝大多数人不做第二件事。于是,从本质上说,第一件事也就白干了。你说他们傻不傻?"他说。

同胞们都不睡觉了,整整一万块钱都听百元钞侃。

百元钞似乎挺愿意将他的经验传授给我们。

"就说那些歌星吧,成名时一个比一个顺眼,那是,观众看着不顺眼他和她能成名吗?怪就怪在随着知名度的增长,他和她怎么就越来越不会打扮自己了呢?到闻名遐迩时,活活把自己弄成猪八戒了,还自以为美得不行。"百元钞一点儿睡意也没有。

我们就这么整整聊了一个通宵。

聊人类。聊动物。聊钱包。聊银行。聊拾金不昧。聊行贿受贿。

我大开了眼界。

我觉得这个世界很有意思，庆幸自己投胎到地球上。

第二天早上，女农民从我们这些钱里抽出几张放进她的钱包，我是这几张钱中的一员。我甚至连和PG04484158说再见的机会都没有。这是到目前为止我对人类唯一不满意的地方：让我们去哪儿从不和我们打招呼。

女农民将钱包放进手提包，手提包里还有一部手机和一个化妆盒。

我还是头一次见移动电话，我不大相信这么小的东西能随时和全世界任何地方联系，我觉得人的脑子总得有限度，否则上帝太不公平了，人类已发达到这般地步，而地球上的其他生命连刀耕火种都够不上。

"咱们之间要是能使用电话联系就好了。"我对身边的一位同胞说。

"那这个世界准乱套。"他说。

"为什么？"我问。

"准有很多人希望自己的钱通过电话策反别人的钱。"他说。

"保准每个人即使杀人放火蒙面入室也得想办法给自己的钱装备手机。"另一位同胞插话。

"人就这么喜欢咱们？"我不信如此聪明的人类会拜倒在我们钱脚下，"咱们难道不是他们造的吗？"

"严格地说，人是咱们钱的爸爸。没有他们就没有咱们。奇怪的是，有不少人把咱们钱当爸爸，反认为没有咱们就没有他们。"一位同胞说。

"人大概是一种特别需要施爱的动物,他们最善于前赴后继造出一种东西,然后死去活来地去追求它。像咱们钱,像汽车,像电脑。别的动物只追求同类中的异性,而人类除了追求同类中的异性,还要造出一个第三性来供自己追求。咱们钱在他们造出来的第三性东西里是受追求程度最高的,是冠军。大哥大。"另一位同胞说。

"表面上看,是人类主宰这个世界,而实际上是咱们主宰这个世界。这主宰权不是咱们争来的,而是人类让贤退居二线主动拱手交给咱们的。在人类社会里,像这种管儿子叫爸爸的事仅此一桩。让咱们赶上了。"又有同胞加入讨论。

我发现我的每一位同胞都是资深哲学家,大概只有我们才能全方位深层次观察人类。依我看,大学里的哲学教授都应该被辞退。上哲学课时,从我的同胞中随便抽出一张贴在黑板上,就是最好的哲学教授。

化妆盒和移动电话体积差不多,但分工不同。一个负责和同类联络,一个负责联络成功后见面时给同类留下好印象。化妆盒的职责就是造假。人类喜欢美,只要美,真假无所谓。假美比真丑好。

我们所待的提包开始晃动,女农民拎着我们离开家。

"一般来说,咱们快分手了。"一位同胞对大家说。

当钱不能太重感情,悲欢离合的频率太高,一旦陷入儿女情长就甭想再好好活。这毛病会传染,谁和我们走得太近,谁准没人情味儿。

女农民坐上一辆出租车。

"去哪儿?"司机问。

女农民报目的地。

汽车开始运行。

"您好像坐过我的车。"司机侧头对坐在后座的女农民说。

"是吗？"女农民明显不想搭话，只是出于礼貌而敷衍。

"我这人别的长处没有，就是记性好。只要坐过一次我的车，我就忘不了。"出租车司机想继续这次谈话，他大概太闷。

女农民不再说话。

"我刚才拉的那人，一上车我就觉得他不对劲儿，果不其然，是个吸毒的。他躲在后座上吸，还让我开稳点儿。"出租车司机不管女农民搭不搭话，自己跟自己聊。

他还说昨天拉过一男一女，他们在后边不老实。他中途就把他们赶下去了。

他一路就这么不停地说，有人听他说话对他来说就是享受。

"靠边停车吧。"女农民说。

出租车停住了。

女农民拉开提包上的拉链，将我从同胞中抽出来。

我眼前是金属防护栏，女农民将我从栏杆的缝隙中递给出租车司机。

"糟糕，我没零钱。"出租车司机接过我后对女农民说。

"不用找了。"女农民推开车门，走了。

出租车司机对着阳光照了照我，我看见他坐的座位几乎被金属护栏完全封闭着。我觉得出租车就像是任人宰割的开放性流动摇钱树，出租车司机把自己关在铁笼子里宰别人，不让别人宰他。

出租车司机将我塞进他的腰包，腰包里有许多零钱。这使我感到吃惊。他的记忆力如果真像他对女农民说的那么好，不会忘记自己的腰包里有零钱。

他说自己没零钱是为了占便宜。我觉得恶心。

出租车慢速行驶，他在揽客。

路边的一个人大概是头痒痒了，伸手挠头，出租车司机以为他叫车，马上将车靠边。那人消除头上的不适后心满意足地走了。

出租车司机气得想骂人。

出租车司机最怕空驶。拉客时，出租车燃烧的是客人的血。空驶时，出租车烧的是出租车司机的血。

出租车是世界上唯一不烧汽油的汽车。

终于有了一位抬手经过头部没有停留的人。

出租车司机判断无误后，停车让那人上车。

"去哪儿？"出租车司机问。

那人不说话，掏出一张地图给出租车司机看。

"哑巴？"我问身边的一枚硬币。

"外国人。"他说。

出租车司机会几句职业英语。他用生硬的英语同外国人交谈。

"他可真爱聊，连语言不通的也要聊。"我说。

"有经验的出租车司机都这样。我跟过七十多个出租车司机，他们最怕遇上歹徒。听说过走夜路吹口哨吗？一个道理。有时聊一聊，没准儿就化干戈为玉帛了。"硬币说。

从他们的交谈中，我知道那人是韩国人，来中国旅游的。

出租车行驶了一段时间后，好像在爬坡。

"这是大饭店。"硬币说。

韩国人到了目的地，准备下车。

"四十七元。"出租车司机用蹩脚的英语向外国乘客报价。

韩国人从栏杆外边递给栏杆里边的出租车司机一张100元钞。

出租车司机将100元钞塞进腰包，我被他从腰包里拿了出来。我明白我将被当作零钱使用。

"对不起，我没有零钱了。"出租车司机将我递给韩国人时说。

韩国人接过我，将我装进钱夹，下车。

钱夹里除了钱，还有护照。

"你好，人民币。"那护照还挺有礼貌。

"你好，韩国护照。"我说。

"认识你很高兴。"他张嘴就说虚伪的外交辞令。

"我也是。"我也不能免俗，跟着虚伪。

"我的主人是大学教授，在美国留过学。"护照说。

"是吗？"我觉得他没必要跟我说这些。

"他叫金福，响当当的大学教授。"那护照和刚才的出租车司机有一个毛病，逮着谁和谁聊。

金福走进金碧辉煌的饭店大厅。这是一家五星级豪华饭店，礼仪小姐送给他一个职业微笑。

他乘坐全裸观景电梯上到十八楼，服务小姐为他开房间门。

金福进房间后关上门，脱掉西服外套，拉开冰箱找饮料。

冰箱里的饮料琳琅满目，有碳酸饮料，有椰汁，有矿泉水。

金福一口气喝光了一瓶饮料。他心里好像有火。

我对他充满了好奇。外国人。大学教授。

他好像有点儿坐立不安，一会儿站在窗前往外看，一会儿拿起英文报纸来回翻，一会儿又打开电视机走马灯似的换频道。

我觉得他心里不踏实。我印象中的大学教授是从容不迫的，做事目的明确且符合道德标准。有知识的人难道都像热锅上的蚂蚁？

他看看手表，穿上外套，走出房间。

金福来到餐厅，一位穿紧身旗袍的小姐引导他入座。

金福看菜单。点菜。

我觉得他吃饭不香，没胃口。胃口是由情绪决定的，情绪不好，再好的饭菜也味同嚼蜡。真正的特级厨师不是会做饭的人，而是会帮助别人调整情绪的人。

看着金福像吃药一样吃山珍海味，我可怜人类。

这家餐厅有一百多张餐桌，就餐的人挺多。每张餐桌旁边都有一个小姐伺候。在陌生人的注视下进餐绝对是一件倒胃口的事。

金福吃完了"药"，招呼小姐结账。

我怕金福拿我付账，我很想再跟他一段时间。我希望和教授一级的人打打交道。

小姐拿着账单过来了，金福看了一眼账单，掏出钱夹。

我紧贴着一张外币，不想让金福把我抽出去。

"别挤我。"那外币口气挺硬。

我想告诉他这是在中国，但我没说。

"他不会用你的，在这种地方，用信用卡。"那外币好像知道我想什么。

果然，金福从钱夹里抽出一张黄色的硬卡，递给小姐。

这是我头一次见信用卡，有一种危机感。

当你意识到你将被另一个东西取代时，应该庆幸你的解脱。可绝大部分人不这样，他们反而失落，反而急赤白脸。我也如此。我敌视那张信用卡。他不是钱，却能当钱使用。就像不是人的人却以人形生活于人群之中一样令人讨厌。

"你干吗不想离开他？"那外币问我。

"好奇。"我说。

"没跟过外国人？"他问。

"Yes。"我用我仅会的三句英语之一回答他。不知为什么，我讨厌外币使用中文和我说话。

"你会英语？"他问。

"会三句，其他两句是脏话。"我说。

063

"和我刚学中文时一样。中文的骂人话比英文丰富多了，很生动。"他说。

我不知他是在夸中文还是在骂中文。

"我来过十七次中国，我的中文是我第二次来时向一张 10 元人民币学的。那是一个绝对的教学天才，给他当学生真是一种享受。他教你一种新知识，就像将一个陌生的朋友介绍给你，使你感到非常愉快。不像有的老师，向学生传授知识时像是塞给学生一个隐身人或敌人，让学生摸不着头脑或恐慌不已。"

这时，金福离开了餐厅，他走出饭店大厅，叫出租车。

"他要去十三陵。"那外币说。

"你怎么知道？"我问。

"我已经跟了他一个月了，从韩国就跟着他。"

"他是大学教授？"

"Yes。"外币模仿我的英语水平。

我欣赏他的幽默，也由此对他有了点儿好感。

出租车果然朝十三陵驶去。

"人世间的所有错误都是由得寸进尺造成的。"外币冒出这么一句。

"什么意思？"我不懂他的话。

外币叹了口气，不作声了。

出租车行驶中发出一种气流与车身相撞产生的嗡嗡声。

随着司机虐待般地反复折腾挂挡杆，汽车无可奈何地往前走。我还在琢磨外币刚才那句话。

"出过国吗？"外币打破沉默。

"没有。"我说，"希望金福能带我出去。"

"你最好早点儿离开他。"

"为什么?"

"他是杀人犯。"

"杀人犯?他不是大学教授吗?"

"大学教授就不能杀人?"

"他杀了谁?"

"他爸爸。"

"你是说他杀了他的生身父亲?"

"是。"

"为什么?"

"提前继承遗产。"

"他爸爸是百万富翁?"

"对,一所学院的董事长。"

"他来中国躲避警察的追捕?"

"这个案子还没破,警方还没怀疑他。"

"那你怎么知道?"

"他杀他爸爸的时候我就在他身上。"

我想起金福在饭店里注意报纸和电视时的表情。

"金福去年五月注册了一家农产品流通公司,由于经营亏损而负债二十多亿韩元。"

"杀爸爸还债?"

"是的。"

"怎么杀的?"

"在他爸爸的卧室里,用长达二十五厘米的刮刀。"

为了得到我们,杀害自己的亲爸爸。对于有些人来说,钱比爸爸亲。

"他不会逍遥法外吧?"

"绝对不会。"

"那就好。"

"你知道每年由于咱们钱而丧生的人有多少吗？"

"不知道。"

"两千万以上。咱们是威胁人类生命的头号杀手。别说为了咱们杀人放火，上次我在台湾亲眼看见一个老太太打麻将时和了，赢了五十元钱，一高兴当场脑溢血死了。你看看，就为五十元，把命送了，要是五百元还说得过去。噢，对不起，我没有贬低你的意思，五十新台币比你少多了。"

"没关系。"我说。

"还想跟着金福吗？"外币问。

"一秒钟都不想。"我说。

汽车到了十三陵，金福将我和另外一张人民币付给司机。当他的手触摸到我时，我的心在战栗。

出租车司机接过我们，我如释重负。

他把我们塞进他的钱包。

"你的身上有外国病菌。"钱包里的一张一元钞躲我。

"外国病菌？我身上？"我不信。

我们身上病菌特多，可以说每一张钞票身上都是病菌群英会。对于国产病菌我们不怕，我们怕进口病菌。

我确实在自己身上找到了外国病菌。是金福或他的钱包传给我的。我真怕我将外国病菌传给国人。可惜我没有引咎辞职的权利。

摸了我不洗手的人将抱恨终生。

一对青年男女上了出租车。

"去方庄。"男青年对司机说。

出租车司机又开始折磨挂挡杆。

"参观皇帝的陵墓有什么感受？"女青年问爱情搭档。

"他除了生命什么都有。我除了生命什么都没有。"男青年说。

"那还是你富有。"女青年说。

"也就你要我这个穷光蛋。"男青年说。

"你绝对有才能，就是还没碰到机会。"女青年说。

"乱世出英雄。太平年代灭英雄。"男青年说。

"想改变世界的人到头来往往被世界改变。"女青年说。

他们就这么聊了一路。聊崇拜的明星。聊托朋友买东西比在商店买贵一倍。聊离婚的比结婚的多。聊私人轿车。聊驾校的教练有一半儿索贿受贿，该让车轱辘从他们良心上轧过去。聊电脑聊人脑，聊电视节目主持人俗不可耐，这座城市卖的瑞士手表假的比真的多……

我觉得他们虽然没什么钱，但活得很开心。

车窗外已是夜色，出租车进入了市区。霓虹灯广告使尽浑身解数鼓吹自己的产品。川流不息的车灯给城市注入了活力。

到达目的地后，出租车司机将我作为零钱找给男青年。

男青年没有钱包，胡乱把我塞进衣兜。我看见我身上的一些外国病菌到了他的手上。我为他担心。

"咱们找个地方吃点儿东西。"下车后，男青年对女友说。

"找个便宜点儿的店。"女青年说。

"咱们就把刚才出租车司机找的这张钱花了。"男青年又把我从衣兜里拽出来，在女青年脸前晃了晃。

他们依偎着往前走，男青年搂着女友的腰。

路旁出现了一爿小店，小店四周环绕着树木。

"这儿怎么样？"男青年问女友。

"不宰吧？"女青年问。

"没吃过，去试试。"男青年说。

他们走进小店，店里只有六张桌子，墙上挂着一台电视机，荧幕上正在播放晚会。

六张桌子全是空的。

"欢迎光临，两位是用餐？"一位小姐像从地下冒出来的。

男青年点点头。

"坐这里可以吗？"小姐指着一张餐桌征求客人的意见。

他们坐下看菜单。

"人们管电脑里的目录也叫菜单。"男青年边看菜单边说。

"人总忘不了吃。"女青年说。

点完菜，他们开始评论电视上的晚会。

荧幕上的男歌星正在使用便秘时的表情唱歌，整整一支歌唱完了还没拉出来。

"倒胃口。"男青年说。

"我喜欢的歌星！"女青年看到荧幕上出现了一个女歌星时情不自禁地喊道。

"你跟她聊上五分钟，要是能忍住不吐，让我干什么都行。"男青年对荧幕上的女歌星做出不屑一顾状。

"不许你污蔑我的偶像。"女青年抗议。

男青年耸耸肩，用啤酒封自己的嘴。

女青年看偶像看得如醉如痴。

饭菜端上来了，她顾不上吃。直到那女歌星下场。

一男歌星上场。

"完了，今天这饭是吃不成了。"男青年说。他知道新换上来这位是女友的第二顺序偶像。

女青年果然放下刚拿起的筷子，眼睛死盯着荧幕上女妆打扮的男歌星。

"报纸上说，他曾经在电视台门口骂人，骂门卫。"男青年有点儿醋意，忍不住给男歌星下绊儿，"骂人是流氓。"

"骂人不一定是流氓。不骂人不一定不是流氓。"女青年很随意地甩出一句极有哲理极深刻的话。

我对女青年不得不刮目相看。在这个世界上，不骂人的流氓比骂人的流氓多。

男青年的表情告诉我他对女友的话表示折服。

谢天谢地，下一个歌星是女青年深恶痛绝的人。

我觉得名人挺惨，当他们在荧幕上出现的时候，我眼前的这两个无名鼠辈对他们来说简直就是法官。或嘉奖或枪毙或无罪释放全由无名鼠辈说了算。

他们开始聚精会神地用餐，吃那些起码生长了六个月以上的东西：肉、蔬菜、粮食。依靠剥夺别的生命来维持自己的生命。

用餐完毕，男青年叫小姐结账。

"七十八？"男青年看完账单吃惊。

"这么贵？"女青年向小姐要菜单。

小姐不大情愿地将菜单递过来。

"我们喝了八碗汤？"男青年指着账单上的汤数问小姐。

小姐的脸唰地红了，她吞吞吐吐地说：

"可能算错了，我去看看。"

经过重新计算的餐费金额是四十八元。

"对不起。对不起。"那小姐连连道歉。

男女青年比较宽宏大量，男青年将我交给小姐。我被小姐攥在手里，看着他们走出小店。

"你真笨！谁让你加那么多的？！"一个女高音吓了我一跳。

我一看，是个中年妇女，估计是老板。

"您不是告诉我说只要看见一男一女吃饭就多收他们钱吗？您还说男的付费时绝不敢对金额提出质疑，否则女的出门就得把他蹬了。"小姐委屈，哭了。

"那也不能加得太多，最多不能超过60%。你们不要贪得无厌。"老板教育员工。

"知道了。"小姐知错就改。

"如果一男一女带一个小孩儿，一般就不要多收了。"老板补充。

"为什么？"

"结了婚，就不要面子了，敢当着配偶的面一分钱一分钱算。"老板给员工上课。

员工智商不低，五分钟内由幼儿园直接跳级到教授。

小姐将我交给女老板，女老板把我塞进她的提包。

提包里是乱七八糟的钱，我断定有不少同胞是作为多收款来到这里的。

"你是今天的关门钱。"一张10元钞对我说。

"关门钱？"我头一次听这词儿。

"就是最后的钱。这店就要打烊了。"他说。

"你不是今天来的？"我觉得他挺有经验。

"我在这包里待了三天了。"他说。

"她够黑的。"我说女老板。

"六亲不认，就认咱们。越是熟人越宰，越是朋友越坑。跟谁都没人情味儿，就跟咱们有人情味儿。"10元钞说。

我想起了金福教授。

"这女老板对自己家里人也黑？"我问。

"她家就她自己,还有一条狗。"

"独身?"

"因为咱们分手了。丈夫和孩子都不要了,就留了一条狗,狗不和她争咱们。"

"多少人为了咱们妻离子散,家破人亡。"

女老板拎着包回家,我们待在包里晃晃悠悠的,挺舒服。

女老板的家果然就她一人,冷冷清清。

她一进门就将提包拿大顶,把我们一股脑儿全倒在桌子上。

"洋子!来,帮我数钱。"女老板叫。

一只哈巴狗跳上桌子,冲着女老板摇头摆尾,极尽讨好之能事。这是我头一次见一个生命对另一个生命如此诌媚,我对这只名叫洋子的狗印象不佳。

洋子掉过屁股用尾巴拂主子的脸,用舌头舔主子的手。拂够了舔够了就来数我们。

洋子很喜欢钱。表面看它智商极低,像个白痴。在算钱方面,洋子绝对是天才,一分都不会错。只见它爪子和嘴并用,飞快地数钱。

电话铃响了。洋子冲着电话狂吠,那气势像是要把电话吃了。我没想到一只哈巴狗这么凶,这么不知好歹。

直到主子拿起话筒,洋子才停止狂吠。

从洋子身上,我知道了什么是狗。

女老板数完钱,躺在沙发上看电视,洋子也用它那没文化的眼睛煞有介事地跟着看。我觉得,那狗说不定还做过当作家的梦。

女老板使用遥控器频繁地换台,哪个频道的节目档次低她看哪个频道。一个满嘴错别字的女主持人在荧幕上信口雌黄,和素质半斤八两的男搭档开除了幽默什么都有的玩笑,观众不笑他们就自己笑。他们还时不时给观众出题考人家，好像自己什么都懂。

第二天上午，女老板去一家美容院做皮肤护理。我和一些同胞被她带在身上。

美容院实在是一个奇妙的地方。人类是一种要面子的动物。面子有两种，生理上的和心理上的。美容院负责维修生理面子。

女老板躺在椅子上任凭人家往她脸上涂乱七八糟的东西，一直涂到像鬼一样。先把你弄成丑八怪，再给你恢复原貌，长得再难看的人也会产生自己变漂亮了的错觉。

包括我在内，女老板一共付给美容院二百五十元。

现在我躺在美容院的收银台里，这里的同胞特多，面值普遍大。大家几乎都是刚刚离开大款，聊天的话题自然集中在有钱人身上。

同胞们觉得有钱人并不比没钱的人幸福，钱越多烦恼越多。挣钱说白了是挣烦恼。存钱说白了是存烦恼。花钱说白了是买烦恼。

收银台的抽屉拉开了，几张大钞被扔进来，我被拿出去。

收款小姐将我递给一位刚做完美容的女士，我好像在哪儿见过她。的确面熟。

她身上的香水味儿比我接触过的几位女士使用的香水明显好闻，明显高级。

我认出来了，她是明星。是女青年在小店里崇拜得一塌糊涂的荧幕上的歌星。

女青年如果知道她使用过的钱能到她崇拜的明星手中，一定欣喜若狂。

人类的想象力太有限，他们挖空心思想娱乐的招儿，绞尽脑汁花钱找乐，其实，坐在家里随便掏出一张纸币，想象它都经过谁的手，绝对是一种享受。每张钞票都是一部小说，一部电视剧。靠别人编出来才能看见小说看见电视剧的人，每次娱乐都得花钱。世界上有三种人，第一种人什么文字都不看，光看一棵树或一座楼，就能看出小说来。第二种人只看文字就能凭借想象力想象出画面来。第三种人只能看连环画，否则什么也想不出来。连环画是一种对少年的想象力进行绞杀的工具。

歌星有私家车，她钻进自己的汽车，坐在驾驶员的位置上。

歌星驾车和在荧幕上一样潇洒，汽车音响里传出动听的乐曲。我还是头一次乘坐如此豪华的轿车，座椅是真皮的，仪表盘使你不得不想起航天飞机的座舱。汽车在行驶中极为平稳，像一块装了发动机的漂亮磁铁疾驰在金属制作的公路上。

歌星的家装修得典雅豪华，墙上挂着歌星灌制的唱片。我是头一次接触名人，心中充满了好奇。我注意她的一举一动。

她回家后先去卫生间洗手，我觉得这个习惯很好。她洗完手挖鼻孔，挖得很专心，每次有收获后脸上都呈现快感。

歌星拉开冰箱，拿出一瓶饮料，对着瓶口慢慢喝。

电话铃响了，歌星接电话。

"是我，梁子吗？对，我下午飞成都，晚上有演出。那件事等我回来就办。"歌星放下话筒。

我想跟她去成都，坐飞机。

歌星摘下项链，放在梳妆台上。她开始脱衣服。看样子是要沐浴。我看见了歌星的身体。

她去卫生间洗澡，水流声很动听。

"第一次见名人吧？"项链问我。

"对。你跟她多长时间了？"我想了解歌星的一切。

"八年。在这之前我跟她妈妈。我是她家的传家宝。"项链有明显的优越感。

"和名人在一起很开心吧？"我问。

"这要看什么名人了。我接触的名人挺多。名人里真正称得上天才的不多。和天才在一起，绝对是受罪。"项链朝卫生间那边看了一眼。

"她算天才吗？"我问。

"地道的天才。她不光嗓子好，作词和谱曲也是第一流的。"

"和天才在一起为什么受罪？"

"你真的不知道？"

"我连名人都没接触过，更别说天才了。"

"天才都怪。"项链见我不懂她的话，给我解释，"世界上的所有天才都有怪异之处，这不是我发现的，是我从一本特权威的书上看到的。"

这是我来到人间听到的最奇妙的言论。过去我认为天才都是通情达理的人，能发挥巨大才能的人怎么会怪异呢？

"能不能举个例子？"

"知道托尔斯泰吗？"

"外国歌唱家？"

"外国大作家。"

"得过诺贝尔文学奖？"

"没有。你不要以为没得过诺贝尔奖的就不是大作家。诺贝尔奖没发给托尔斯泰，是诺贝尔奖的耻辱。"

我觉得托尔斯泰特牛。

"托尔斯泰患有歇斯底里和癫痫病。每个天才身上都有专家们称之为精神病现象的特征。"

我吃惊。

"其实，每个人身上都有创造力和病态，专家将人分为四种。"

"哪四种？"

"第一种人创造力和病态都很强烈，他们是天才。第二种人创造力和病态都平平，他们是平庸之人。第三种人病态严重但创造力有限，他们是精神病患者。第四种人富有创造力但病态轻微，他们会充分发挥自己的才能，但绝对成不了天才。"项链口若悬河。

"你的主人很怪？"我问。

"特怪。"

"什么表现？"

"易怒，神经质，喜欢树敌。用一句话形容她就是'四面树敌，八面威风'。"

"这对她的事业不利吧？"

"如果没这个她在事业上肯定一事无成。"

"为什么？"我吃惊。

"我的这位主人从十八岁开始就树敌，一直树到今天，可谓一路披荆斩棘过关斩将，她是越打越有名，越打事业越成功。她的对头没一个比她有名比她成功的。说白了，树敌是她事业有成的真正动力，她是憋了一口气在和对头较劲：你们不是希望我不好吗？我偏好一个给你们看看！"

"这不是也是对头的动力吗？对头们为什么没成功？"

"对头们大多属于我刚才说的第二、三种人，身上光有病态没有创造力。依我说，千万别和天才结怨。随着人家的成就和名气越来越大，你肯定越来越自惭形秽越来越灰。每当人家在报纸上在电视上在期刊上出现一次，你都会不自在不痛快不舒服。聪明人不会同天才作对，如果你恨他最好的方法是别理他离他远远的，千万别和天才当对头给天才制造动力，让他出更大的名取得更大的成就给自己找气生。天才之所以是天才，除了创造力和病态并驾齐驱外，他们能将任何东西转化为动力,特别是敌意。"

我无话可说。我假设甲和乙是对头,日后乙成就了大业,甲心里肯定不痛快。本来能和天才相识就是千载难逢的机会,不但没交上朋友反而成了仇人。仇人也罢,绝就绝在天才拿你这个仇人当动力成就了大业,可到头来人类给天才排列丰功伟绩时只字不提你,即使提也是骂着提。明明帮助了天才却被钉上历史的耻辱柱,世界上有比这更窝囊的事吗?

歌星结束沐浴,来到梳妆台前对着镜子看自己,看够了戴项链,然后从里到外一件一件穿衣服。

我意犹未尽,还想和项链继续聊,遗憾的是已经没机会了。

有人敲门。歌星先通过门镜审查,然后开门。进来一位男士。看得出他们关系很密切。他们走进另一个房间关上门,大概是在谈事。

半个小时后,男士走出房间,好像是在帮歌星准备行装。

歌星将我和其他钱装进提包,看样子要出发了。我庆幸自己能和歌星一起外出。

又有人敲门,是来接歌星去机场的。

男士帮歌星拎旅行箱,歌星自己拿提包,锁门。

一辆造型奇特的面包车停在楼下,上了车我才知道一共是三个歌星同行去成都演出,还知道了这在当地是大事,很多歌迷从现在起就等候在机场。

面包车接上那两个歌星后驶上了去机场的高速公路。那两位歌星是男性。

"我昨晚上四点才睡。"高个儿男歌星说。

"那叫今天早上四点。"矮个儿男歌星纠正他。

"手气特好,赢嗨了。"高个儿男歌星一边说一边搓手。

紧挨着我的一张 5 元钞告诉我，这两个男歌星是当前红得发紫的天王级歌星，出场费都在五万元以上。

机场到了，三位歌星开始办登机手续。他们的到来在候机大厅引起一阵轰动。

他们在众目睽睽下走进飞机客舱。

空中小姐显然都是三位歌星的歌迷，她们激动地为歌星提供优质服务。

飞机的引擎开始转动，发出低沉的轰鸣声。

随着轰鸣声的增大，机身缓慢地移动了。

"各位乘客好！欢迎您乘坐××航空公司的飞机。"扩音器里传出小姐甜美的声音。

"什么？这是××航空公司的飞机？我早就说了不坐××航空公司的飞机，他们的飞机没有安全保障，老出事。"矮个儿男歌星突然站起来大声嚷嚷。

一位空中小姐过来向他解释该航空公司的飞机很安全。

"不行！我坚决不坐！让我下去！"矮个儿男歌星打开行李箱拿自己的包。

我的主人和高个儿男歌星劝他。

"那边都预告了，还是去吧。"我的主人说。

"还是命重要，我劝你们也别坐这飞机。"矮个儿男歌星拎着包往机舱门口走。

空中小姐急忙向机长报告。

不管谁说，矮个儿男歌星都不听，他执意要下飞机。

塔台只得同意。矮个儿男歌星离开了飞机。飞机延迟起飞三十五分钟。

我替那些等候在机场的歌迷伤心。我觉得他们好可怜，也很幼稚。

人类的确伟大，能发明出飞机这种东西。飞机把地球变小了。

当我和歌星走出机舱时，当我看到黑压压的人群发出欢迎的呐喊时，我震惊了。人在一生中的某个时期能受到众多陌生人的爱戴，实在是一件了不起的事。

我们下榻的宾馆门口围满了歌迷，两位歌星在保安的护卫下才得以进入房间。

一小时后，歌星用我在宾馆的商店买了支签字笔。

歌星把我从北京带出来，扔在成都不管了。人对钱最亲，又最没人情味儿。

我很想看她演出，看她发挥自己的才能。不是所有人都能把自己的才能发挥出来的。

我还想看她树敌，以及她怎样巧妙地将别人的敌意转化为动力，鞭策自己一步步登上事业的巅峰。

我的运气不好。不过总归还接触过天才，比上不足比下有余。虽然被天才抛弃了，但我没给她当动力。我还行。

10元钞

币种：人民币　版别：1980年版　号码：TJ03903518

　　他是一张纸币。10元面值。1980年版。号码TJ03903518。人民币。十一岁。他走上社会后，共拥有过四千七百零一位主人。他几乎走遍了中国。出国六次。去过北极。如果将他的经历完整地叙述一遍，保守估计需要七千万字。你一天看五万字，得花一千四百天，计三年十个月。在生活日新月异的年代，这样的鸿篇巨制八成是无人问津的。于是，我们只能从TJ03903518的丰富阅历中择其一二。

　　为了叙述方便，咱们权且将TJ03903518简称为10元钞。

　　10元钞是一张有幽默感的钞票，喜欢和人类打交道。他像一个幽灵，穿梭于人类成员之间，尽情领略人类和地球、人类和人类碰撞产生的故事。10元钞觉得人类是宇宙中最伟大的物质，如果没有人类，宇宙将黯然失色。

　　10元钞爱笑。有一次，他碰到一位喜欢用电脑写作的文学爱好者给他当主人，那人使用拼音输入法打词组。一天，那人打"父母"二字，结果屏幕上出现的是"坟墓"二字。他又打"太阳"，蹦出来的是"讨厌"。10元钞笑得死去活来，兴奋了整整一个夏天。

　　10元钞觉得和人在一起特有意思。

　　他的第一个主人是位相声演员，那人在生活中也是个乐天派，老笑。不管遇到什么事都不生气。楼上邻居家的卫生间往下漏水，他就打雨伞方便，还觉得挺有情趣。他的性格大概影响了10元钞，使得10元钞从此与烦恼绝缘。

相声演员和10元钞相处了六天。10元钞后来才知道自己的第一位主人还挺有名。

让10元钞印象最深的，是相声演员和儿子的关系。

10元钞后来到过不少家庭，发现很多爸爸妈妈和孩子不是父子母子关系，而是上下级关系或君主与庶民的关系。更有甚者，还有监狱长与犯人的关系，猫和老鼠的关系。这些爸爸妈妈对自己的孩子怎么看怎么不顺眼。自从有了孩子后，他们唯一的乐趣就是轮番或联手挑孩子的毛病，弄得孩子站也不是坐也不是，手足无措不知道该怎么活，爸爸妈妈还美其名曰真爱。10元钞认为，父母如果真爱孩子，就应该结盟联袂全方位多层次挑孩子的优点，通过语言通过行动通过暗示通过一切人类能想得出做得到的方法让自己的孩子明白无误地确信自己是世界上最伟大的孩子。可能做父母的在自己小时候没有受到过来自父母的这种鼓励，这正是他们今天没有什么出息的根本原因。你千万不能让你的孩子重蹈覆辙，和你一样功不成名不就。爸爸妈妈想让孩子和自己不一样的唯一方法就是让孩子天天受鼓励，别像你小时候那样天天挨爸爸妈妈骂。

那相声演员和儿子就不这样。10元钞喜欢他和儿子的关系，那不是父子关系，而是生命和生命的关系，是宇宙中有缘相会的两颗星星的关系。

有些父母总觉得孩子欠他们。其实，在孩子未成年前，只有父母欠孩子，没有孩子欠父母。

有一次，孩子不小心打碎了一只杯子。10元钞有点儿为孩子担心。没想到相声演员对孩子说：

"没关系,爸爸小时候也干过这事。"

孩子笑了,笑得极其幸福,极其享受。不小心摔了个杯子,得到的是爱。这个杯子摔得太值了。一个杯子顶多几元钱,花几元钱给孩子一次爱,再吝啬的家长也不应该心疼。

可有的父母不这样。10元钞后来碰到一家子,那家的孩子不小心摔了个碗,当妈妈的居然为了几元钱的碗使用最恶毒的语言贬低亲骨肉,直骂得那孩子痛不欲生。当时10元钞真想飞起来堵住那妈妈的嘴。

10元钞觉得,有许多事大可不必那么认真。闭着眼睛做梦,睁开眼睛就什么都没有了。睁着眼睛生活,闭上眼睛一样什么都没有了。人的一生是一场梦,钞票的一生也是一场梦。既然都是梦,就从容点儿潇洒点儿,别老气急败坏,别老装深沉。在梦中,一切都是虚幻的。虚幻就是看着有实际上没有。为了没有的东西急,不是傻子是什么?

10元钞在一天下午离开了相声演员,在一家商店的钱柜里只待了不到五分钟就有了新主人。

10元钞的新主人是一位年轻女性。10元钞从她的钱包判断,她不富裕。

"你好。"钱包里的一枚硬币和10元钞搭话。

"你好。"10元钞回话。

"从哪儿来?"

10元钞告诉他那位相声演员的名字。

"名人。"硬币露出羡慕的表情,"我还从没和名人打过交道。"

"你的这位主人是干什么的?"

"工人。外资企业的工人。"

"外资企业?"

"就是外国人投资的企业。"

"给外国人打工？"

"是的。"

"收入挺多？"

"一般。那女老板挺黑。"

女工乘公共汽车回工厂。公共汽车上人很多，几乎是人挨人。

"你经常坐公共汽车？" 10元钞问硬币。

"经常坐。还经常被塞进投币电话里。"

"被塞进电话不舒服吧？"

"在电话里听人类通话特有意思。什么歪门邪道的事都有。前天我在一个投币电话里听一男一女通话，你猜……"硬币刚说到这，女工的手伸进钱包，将他拿出去买车票了。

10元钞无可奈何。

公共汽车到站，女工下车。

女工回到宿舍，一间屋子住八个人。

宿舍里横七竖八拉满了绳子，绳子上挂着刚洗过的分工详细的纺织品。

今天是厂休日，宿舍里熙熙攘攘，几乎每张床上都有人。有人趴在床上写信，有人躺在床上看书，有人睡觉。

这家工厂招收的工人大都是农村女青年，往浪漫了说叫外来妹。开始10元钞不明白外国老板干吗喜欢用农村人，后来才知道农村劳动力廉价。

"孙梅，进城买什么好东西了？"同室女工问。

10元钞的新主人叫孙梅。

"好东西挺多，可惜咱没钱。"孙梅冲同伴一笑。

"找到老乡了吗？"又有人问。

"人家说忙，没时间。"孙梅说。

孙梅有个同村的老乡也在这座城市里。孙梅利用厂休日去找老乡玩，可人家说忙，没时间。

"世界上没有忙，只有你不重要。"一位室友一针见血。

"没错。只要有人对你说他忙，就等于向你宣布你对他不重要。"另一位室友的话更残酷。

"就是，如果他的老板要见他，他敢说忙，没时间见吗？"室友们七嘴八舌地说起来。

孙梅的眼睛里闪过一丝失落，她苦笑。

10元钞挺同情孙梅。的确，当朋友对你说他"忙，没时间"的时候，就等于向你宣布你对他是不重要的。人活在世上离不开朋友，可又把朋友无情地划分为重要的和不重要的，而且这种划分会随着时间和环境的推移发生变化。人类是地球上功利性最强的动物。地球上最有感情的生命是人类，最没感情的生命也是人类。

孙梅躺在床上看杂志，她实际上是用杂志当屏风。10元钞看见她的眼角溢出细细的泪溪，那水一直渗透进枕巾，润物细无声。

一个人的成就越大，对他说忙的人就越少。

一个人的成就越小，对他说忙的人就越多。

10元钞清楚孙梅哭什么。

到了晚上，宿舍成了盆的天下，女工们大洗大涮，准备去梦中旅游。

熄灯以后，她们聊了好长时间才睡。

她们抱怨命运不公，投胎到农村。她们想改变生存环境。她们期盼一桩美满的婚姻。她们想像城里人那样过丰富多彩的生活。

随着退出讨论的人数的增加，宿舍里传出委婉的鼾声。坚持到最后的两个人也不得不将对话转入梦中。

10元钞和八个农村姑娘睡了一个晚上。他喜欢她们。他觉得她们朝气蓬勃，不甘于现状，通过自己的劳动改变命运。10元钞希望她们每个人都幸福。他甚至希望自己变成百元钞，充实孙梅的钱包。

　　第二天早晨的情景令10元钞吃了一惊。起床铃一响，女工们像参加军事五项竞赛那样往洗脸间跑，往卫生间跑，往食堂跑。

　　孙梅刷牙的速度之快频率之高让10元钞感到滑稽。从她们起床到坐在车间的流水线旁，只用了十五分钟。包括吃饭。

　　这家企业的老板对工人实行的是军事化管理，工人列四队跑步从食堂进入车间。

　　上了流水线，你就成了机器的一部分，你的手必须一刻不停地运动，还要保证不出差错。

　　开始时10元钞觉得挺好玩，随着时间的延长，10元钞有点儿替孙梅难过了。人就是人，如果让人干机器干的事，你就不是人了，除非在没有机器的年代。

　　车间里响起了铃声。工间休息十分钟。

　　孙梅趴在流水线上小憩。

　　很多工人跑步去厕所。

　　10元钞随着孙梅的胸脯的起伏而起伏，他希望她能多休息一会儿。

　　一声尖厉的女高音吓了10元钞一跳。

　　"拉长举手过来！"那女人大喊。

　　10元钞不知道什么是拉长，后来才晓得拉长就是流水线的负责人，不知是哪个鬼人创造的词组。

　　四个拉长举着手像投降那样走到外国女老板跟前。

　　"我不是说过工间休息时要列队去厕所吗？"外国老板横眉竖目。

拉长们面面相觑。

"全体工人跪下！跪下！"外国老板母狮般吼叫。

工人们一时不知所措，她们茫然地看着外国老板。

外国老板看见工人们不跪，勃然大怒。她冲到一位女工身边，强行将她按跪在地。

"跪下！只要有一个人不跪，我就让全厂工人跪一天！"女老板歇斯底里。

女工们陆续跪下了，车间里哭声一片。

只有一个人站着。孙梅。

"跪下！跪下！跪下！"女老板一遍一遍命令孙梅。

孙梅站着不动。

"我数三下，你不跪下我就开除你！"女老板威胁孙梅。

较量。钱与尊严的较量。

在人类历史上，钱无数次同尊严较量。结局是钱赢得多，尊严输得多。

为了钱，很多人可以不要尊严。

这次，尊严赢了。

10元钞贴在孙梅的胸口上，无比自豪。

"你被开除了！"外国老板从牙缝儿里往外挤字。

孙梅大踏步走出车间。

她回到宿舍，泪水从心里直接往外流。

一位拉长跑来传老板的指令，限孙梅十分钟内离开宿舍。

那拉长临走时冲孙梅跷大拇指。

孙梅拿毛巾到卫生间用冷水洗了把脸，她不哭了。

孙梅开始收拾东西。

她清点了自己的钱包，一共是156元。

10 元钞相信这 156 元在十年后能变成 156 万元。真正能使人致富的，是尊严。

10 元钞对了。十年后的一个夏天，10 元钞在一家五星级饭店里再次与孙梅相逢。此时的孙梅已是一家注册资金达七千万元的大公司的董事长。10 元钞百感交集。可惜孙梅已经不认识 TJ03903518 了。

孙梅的豪华办公室里挂着一幅谁也说不清是什么的木刻画。

10 元钞一眼就看出木刻上是一群跪着的女性。

最戏剧性的场面让 10 元钞赶上了。

一位年近花甲的外国女企业家在孙梅秘书的引导下走进孙梅的办公室，看得出，她急于和孙梅合作。

尽管过去了十年，10 元钞还是立刻就认出了她——十年前强迫孙梅下跪的外国女老板。

这是后话。如果篇幅允许，你会看到精彩而又发人深省的场面。如果版面不允许，相信凭借你的想象也能如愿。

书归正传。

孙梅拎着旅行包离开了宿舍。没人送，很凄凉。

她不知道去哪儿。这座城市有很多房间，但没有一间属于她。

孙梅乘公共汽车到劳务市场找工作。劳务市场里人头攒动，等待找工作的人黑压压一片。上帝允许这么多人出生，却不允许每人有一份工作。

孙梅在劳务市场转了一圈儿，感到饥肠辘辘。她看了一眼手表，已经是下午两点了，她还没吃午饭。

劳务市场旁边有一家小餐馆，从门脸判断，档次很低。孙梅认为自己的经济实力能够承受在该餐馆用餐。

她走进小餐馆，找了个座位坐下。餐桌上杯盘狼藉。

一个农村姑娘过来问孙梅吃什么。

"要一碗面条。"孙梅说。

"炸酱面还是肉丝面？"

"炸酱面多少钱？"

"两块五。"

"肉丝面呢？"

"两块八。"

"要炸酱面。"

孙梅最不爱吃炸酱面。

那农村姑娘留给孙梅一个鄙视的眼光，转身走了。

最看不起穷人的，往往是穷人。

孙梅尽量斯文地吃完了那碗本应狼吞虎咽吃下去的面。很香。后来，在她的一生中，再没有吃过这么香的饭。吃饭不香不是享受。没有食欲吃饭不会香。没钱容易有食欲。有钱容易没食欲。吃饭真正香的，是穷人。到腰缠万贯时，就什么都不想吃了。

10元钞不希望孙梅拿他付账，他想跟着孙梅。

钱包里的一张5元钞被孙梅拿出去付账了。10元钞松了一口气。

孙梅打开钱包付账时，餐馆门口有个男孩儿看着她。那男孩儿蓬头垢面，13岁模样。

当孙梅离开餐馆与男孩儿擦身而过时，男孩儿偷走了她的钱包。

10元钞急了，他想告诉孙梅。可他无能为力。

孙梅毫无察觉地走了。

10元钞欲哭无泪，他清楚孙梅将面临何等的困境。

男孩儿躲到一个没人的角落，把钱从钱包里拿出来，迅速塞进自己的衣服里。钱包被他随手扔了。孙梅的身份证在里边。

男孩儿的衣服里臭气熏天，还有虱子。10元钞想吐。

"小敌，挣了多少？见面分一半！"一个比小敌高半头的男孩儿出现在他面前。

小敌掏出 50 元给高半头。

"小打小闹没意思。今天咱们弄个大的！"高半头说。

"行。"小敌赞成。

又有人要倒霉了。

10 元钞不为小敌偷东西难过，为小敌的年龄难过。这么小的年纪就心术不正，和别人过不去。

小敌是个孤儿，父母在他十一岁时相继暴病死去。他的姨收养他后，姨父百般虐待他。小敌只得从家里逃出来，流落他乡，靠乞讨兼偷窃为生。

高半头和小敌要联手搞个大的。他们在集贸市场寻找猎物。

"看见那个女的了吗？"高半头低声对小敌说。

小敌点头。他悟性极高。一眼就看出那女人钱包不俗。

高半头和小敌耳语。小敌连连点头。

那女人将自行车支在一旁，从车筐里拿出包，转身买东西。

高半头佯装经过自行车，将一枚铁钉扎进车胎。

女人购物完毕，将包放回车筐，骑上自行车。

此时小敌已在她的运行前方。

当她的自行车行至小敌身边时，轮胎瘪了。

趁女人下车回身检查轮胎时，小敌从车筐里拿走了她的包。

整个行动天衣无缝。10 元钞不得不佩服他们的智力。可惜用错了地方。

成功和失败之间的距离超不过一微米。

就在小敌们以为大功告成的时候，一声大喝似霹雳：

"抓小偷！"

一个中年男子边喊边追小敌。

小敌攥着包猛跑。10元钞感觉到他的心脏在狂跳。

在见义勇为需要树典型的年代,当人们发现歹徒是个孩子时,正义感终于战胜了懦弱。爆发出无与伦比的勇气的人们争先恐后地加入围追堵截坏人的队伍。

小敌成了瓮中之鳖。四面楚歌。上天无路,入地无门。

一个英勇无比的小伙子抓住了小敌,人们立即围将上去。

"打!"不知谁喊。

五六个小伙子开始轮番毒打小敌。他们用脚猛踢他的头、脸,用拳头打在他的身上。

人们痛恨小偷。

小敌满脸是血。10元钞也被打得浑身疼。

高半头站在远处看着,毫无表情。

直到巡警赶来,好市民们才住手。

小敌经过审讯,被送进了收容所。他是三进宫。

10元钞连同小敌身上的其他钞票被留在了公安局。

10元钞听见警察管他叫赃款。

"小张,换点儿零钱。找不开了。"从门外进来一个警察拿着一张百元钞。

"领身份证的这么多?今天你都换了几次啦?"小张从赃款里拿出十张10元钞和那警察换100元钞。

TJ03903518也在里边。

一个瘦小的男人拿着新领的身份证在等警察找钱。

10元钞到了他手中。

瘦小男人将身份证和钱一起放进钱包,钱包里还有工作证。

10元钞很累,他想休息一会儿。

"你身上有血腥味儿。"红色的工作证对 10 元钞说。

是小敌的血。

10 元钞叹了口气。这是他第一次叹气。

"碰上杀人案了？"工作证问，口气特轻松。

"差不多。"10 元钞说。

"还是我们证件好，固定主人，不用提心吊胆碰上坏人。"工作证有明显的优越感。

"要是给坏人当证件就一辈子也脱不了身了。"10 元钞说。

工作证不吭声了。

"你的主人是干什么的？"10 元钞问。

"编辑部主任。正处。"工作证来精神了。

"正处？"10 元钞不明白。

"正处级。"

"正处级？"还是不明白。

"知道科吗？"

"不知道。"

"局呢？"

"不知道。"

"这么说吧，处是科的爸爸。局是处的爸爸。"

"局是科的爷爷？"

"是这个意思。你不笨。"

编辑部主任在大街上骑自行车。一辆辆汽车从他身边驶过，将废气送进他的肺里。

"你的主人去哪儿？"10 元钞问工作证。

"回家。也是你的主人。"工作证纠正 10 元钞。

编辑部主任将自行车骑到一座挺高的居民楼下边，他把车锁好，坐电梯上楼。

电梯很破旧，运行中不时发出绝望的呻吟，好像随时都会把乘客抛进十八层地狱。

编辑部主任的家是三室一厅。家庭成员除了他还有老婆儿子各一个。

主任太太俗不可耐。主任儿子上高中，看见爸爸回来赶忙假装温习功课。

编辑部主任脸上有杀气。

主任太太有经验，知道丈夫在单位准是吃了瘪，回家要迁怒家人。

果然，编辑部主任开始找碴儿了。

"今天吃什么？"他问老婆。

老婆不说。她知道说什么他不爱吃什么。

"还没做饭？"编辑部主任怒目圆睁。

10元钞觉得迁怒是人类的恶劣品质之一。在一个地方受了气，到另一个地方去撒气，使无辜的人蒙受冤屈。十足的恶劣品质。

据说，在一生中从未迁怒过的人几乎没有。

当天晚上，编辑部主任始终同家人过不去，从各个角度找碴儿。

主任儿子在班上是个小魔王，经常欺负同学，并威胁同学不许告诉老师和家长，同学们都怕他。其实，在学校受到欺负，唯一正确的方法就是告诉父母。父母能把你抚养这么大，他们绝对有办法对付那个欺负你的小魔王。

主任儿子在班上是虎，在家却是猫。作为爸爸长期的迁怒靶标，他必须随时随地伺候。伺候完了，第二天再往同学身上迁怒。

"他在单位怎么了？"晚上，10元钞在钱包里问工作证。

"他的副手评上了高级职称，他没评上。"

"副处评上了？"

"你的推理能力很强。"

"他应该为人家高兴呀！"

"高兴？他在心里气疯了。在单位又不能露出来，不回家撒气去哪儿撒？"

"同事有了成就，应该为别人高兴。没有这点儿肚量，当正处不是活受罪吗？"

"……"工作证迟疑了一下，他显然不愿意说主人的坏话。

"嫉才妒能的人最好别当头儿，活受罪。"10元钞挺同情编辑部主任。

"也是。实话说，他根本不懂编辑业务。编辑部随便拎出来个人都比他强。他的特长是搞会务，给与会者安排房间买火车票什么的。会开多了，领导就觉得他的能力很强。编辑部主任的位置有了空缺，就把他安排了。"工作证拿10元钞当自己人了。

"罪过。"10元钞知道这样安排的结果就是有很多人要受罪。其中最受罪的，是编辑部主任。其次是编辑部主任的家人。再其次是编辑部主任儿子的同学。还有编辑部全体成员，以及他们的家人，家人的亲朋好友……

据科学计算，一个人在一生中有交往的人大约是250人。如此算来，某个人因干着力所不能及的事而倍受折磨，结果会有成千上万的人由于原子裂变式的迁怒被株连。

编辑部主任睡觉时做噩梦，大喊大叫，一会儿哭一会儿笑。吵得10元钞一晚上没睡好。

10元钞问工作证，工作证说习惯了，编辑部主任不说梦话不做噩梦他倒睡不着觉了。

第二天，编辑部主任骑自行车上班。10元钞能感觉出他心情不好。但是当他走进编辑部时，就像变了一个人，谁也看不出他不高兴。他和下属热情地打招呼，嘘寒问暖。他就稿件问题不耻下问向下属征求意见，下属一旦真的说看法，他又不痛快。

编辑部主任到出版社总编辑的办公室汇报工作。谈完工作后，编辑部主任以极谦恭的语气对总编辑说：

"我的能力不如×××，为了编辑部的工作，让他当主任吧。"

工作证告诉10元钞，×××就是评上高级职称的那位副主任。10元钞很感动，他觉得编辑部主任这样做很聪明，是摆脱烦恼的最佳方法。做力不从心的事无异于给自己上酷刑。

"假的。他是为了坐稳编辑部主任的交椅才说这番话的。"工作证小声告诉10元钞。

"总编辑要是真按他说的办呢？"10元钞认为编辑部主任说这样的话达到保乌纱帽的目的有风险。

"绝对安全。这里边的道理你自己琢磨去吧。"工作证说。

10元钞想了一个月才恍然大悟。

人的品质是地球上最容易看走眼的东西。

编辑部主任从总编辑办公室出来，到财务室买饭票。10元钞连和工作证道别都来不及就到了会计手中。

此后的半年中，10元钞又接触了二百多人。他感到很有意思。可惜他没有笔，如果他把这些经历都写下来，保准大多数作家会失业。说到作家，10元钞跟过两位作家，由此他知道了作家有两种，一种有想象力，另一种只会编故事。两者兼具的作家就是天才作家了。有想象力的作家相当于画家，好的画家画得不像但是神似，灵感飞扬。会编故事的作家相当于摄影师，能还原生活。前者由于想象力丰富常有精彩构思。后者只能通过前者的作品寻找灵感，再另编故事。因此会被指责抄袭。

10元钞一天最多换过三十七位主人。最慢的一次在一个囚犯手中待了三个月。离开那囚犯的当天他竟然到了受害人的家中。幸亏受害人毫无察觉,否则非把他撕了不可。

有一天早晨10元钞在上海,上午到了海口。只在机场停留了一小时,他又跟随一位长相迷人但庸俗无比的小姐直飞哈尔滨。那小姐一下飞机就把10元钞花了。10元钞像接力赛中的接力棒那样在人们手中传递,转眼就把哈尔滨逛遍了。

中午,一个办案的警察将10元钞带到了乌鲁木齐。10元钞特喜欢闻烤羊肉串的味儿。下午,10元钞被一位军人带上了飞往福州的飞机。福州天气突变,飞机只好降落在武夷山机场。武夷山山清水秀,景色宜人,就是有一种小黑虫把10元钞叮得够呛。

一小时后,飞机起飞,安全抵达暴风雨后的福州。

福州的一个小商人又将10元钞带到了太原。10元钞在太原去了264医院、希望大厦。太原的一位官员去临汾出差,10元钞在傍晚和官员一起抵达临汾市。

临汾满大街都是硕果累累的果树,行人穿梭于树下,居然没一个人摘唾手可得的果实。

一个农村妇女从一个小贩手中接过10元钞,她乘坐汽车将10元钞带到了浮山县。10元钞在浮山县城只逗留了八分钟,换了一个主人后,到了该县的北王乡史壁村。

史壁村的住房大都是窑洞。10元钞是头一次进窑洞,他感到新鲜。还觉得这儿风水好。

这一天,10元钞换了近十个地方,行程达十几万公里。

他疲劳不堪,在窑洞里睡得贼香。

10元钞接触过乞丐,也接触过亿万富翁。和天皇级女影星在一间屋子睡过觉，也和杀人犯共同度过临刑前的最后一个夜晚。10元钞见过政府要员，也见过赌场上输急了的赌徒，还有博士和文盲、功成名就的企业家和一做生意就赔的倒霉蛋、门门考一百分的学生考试专家和智商极高考试却屡不及格的未来天才……

10元钞去过的地方就更多了，有山东昌邑、湖北老河口、陕西城固、河南遂平、浙江绍兴、云南个旧、贵州遵义、香港清水湾、河北保定、广西蒙山、甘肃西峰、江西向塘、内蒙古东胜、安徽宜州、江苏丹阳、台湾新店、吉林乾安、广东封开、北京通州、湖南湘乡、西藏措勤、澳门妈阁街、青海玉树、辽宁北镇、宁夏吴忠……

10元钞身不由己地在人间奔波，随着阅历的不断丰富，他渐渐悟出了一个道理：所有人的人生都是成功的。而且不管你怎么努力，成功的程度在本质上都一样。所谓成就大，伴随而来的烦恼一定也大。得到东，肯定会失去西。找到了南，绝对再找不到北。上帝的字典里就没有"好事全让你占了"这句话。上帝把得和失揉在一起做成绣球，抛向人间。跳得高的人抢到的多。于是，他的得和失都多。抢不到绣球的人没有得也没有失，和抢到绣球的人一模一样。

10元钞很想告诉人类，遗憾的是他没有嘴。

一天下午，10元钞离开一个靠捡破烂为生的人后，到了一位小姐手中。那小姐是飞国际航班的空勤人员，俗称空中小姐。

空中小姐将10元钞塞进衣兜，一点儿也不嫌脏。10元钞想，如果让她和捡破烂的拉手，她准不干。

空中小姐好像在等什么人，她一会儿看表一会儿看四周。

一个小伙子出现在空中小姐的视野里，空中小姐的脸上露出了笑容。

"又是你先到。"小伙子说。

"就早到了五分钟。"空中小姐说。

"今晚飞哪儿？"

"巴黎。"

"还有多长时间？"

"两个小时。"

"找个地方坐会儿？"

"去月光酒吧怎么样？"

"好。"

10元钞跟着这对恋人来到月光酒吧。酒吧灯光昏暗，还有音乐。

他们要了自己想喝的饮料，一边喝一边聊，有说不完的话。

10元钞见过不少恋人，他觉得靠得住的是感情，不是爱情。10元钞还发现不同的恋人谈情说爱时说的话都差不多。他还觉得爱情实际上是爱自己，不是爱别人，或者说是通过爱别人来达到爱自己的目的。

小伙子送空姐到机场。也许是经常送的缘故，他和她道别时显得有点儿职业化。

10元钞又当了一次免费旅游者。

巨大的喷气式飞机把一群素不相识的男女从地球的一个地方空运到另一个地方，有时喷气式飞机会把乘客从一个世界空运到另一个世界。这次没有。

10元钞在空中小姐的身上同她一起为乘客服务。

10元钞注意观察每一位乘客。这架飞机上的乘客几乎包括了地球上所有肤色的人种。在10元钞看来，人类都长得一样。就像人看钱都长得一样一样。

10元钞到了巴黎，英雄无用武之地，正好他挺怕空中小姐把他丢在举目无亲的异国他乡。

几小时后，喷气式飞机换装了另一批乘客返航。

小伙子在机场迎接空中小姐。对于男士来说，热恋时最美好的感觉大概就是接情人了。一旦结婚，享受"接"待遇的将是孩子而不再是孩子的妈妈。

空中小姐跟着男友到了他的住所。10元钞干脆闭上眼睛什么都不看，倒时差。

两个小时后，空中小姐回到了自己家。妈妈见到女儿平安归来很高兴。给空中小姐当妈妈肯定有心老在天上飘的感觉。

"一下飞机就回家了？"妈妈一边给女儿准备饭菜一边问。

"嗯。"空中小姐撒谎。

"女孩子，下班就回家。"妈妈语重心长调教女儿。

空中小姐极乖地点头。

10元钞想笑。

管不住的是儿子。看不住的是女儿。父母如果不明白这个真理，索性别生孩子，否则就是花费半生的心血换气生。

第二天，空中小姐用10元钞买了一堆报纸。

10元钞在报摊上一直目送空中小姐，直到看不见为止。10元钞有点儿为空中小姐担心。昨天在她男友的住所里，当男友的衣服和她的衣服摞在一起时，男友衣服里的一张百元钞隔着布告诉10元钞，昨天的同一时间另一位小姐在这儿。那百元钞说他还和那小姐衣服里的一张50元钞聊了一个通宵。那天晚上，10元钞在巴黎。

报摊上有很多报纸。10元钞看到头版上尽是耸人听闻的事。

买报的人不少，10元钞不知道他们中的哪一位将成为他的新主人。

记者把人们的事写给人们看再向人们要钱，人们喜欢掏钱看自己的事。

一个戴眼镜的三十多岁的男人用 50 元钞买报。

卖报人反复验证那 50 元钞后，将 10 元钞连同另几张钞票和报纸递给那眼镜。

眼镜把钞票装进衣兜。衣兜里有一包烟，还有打火机。

"你好。"10 元钞没同打火机交往过，挺好奇。

"你好。"打火机的嗓音有金属撞击的声音。

"火很伟大。"10 元钞清楚火在人类生活中的位置。

"看干什么了。"打火机说，"我就不伟大。"

"为什么？"10 元钞问。

"它是杀人凶手，我是帮凶。"打火机指着香烟说。

10 元钞不明白。过去他见过烟，不喜欢也不讨厌。

"抽烟不是能提神吗？"10 元钞问。

"困了就睡，提什么神？"打火机说。

"我跟过一个不抽烟的作家，还跟过一个抽烟的作家。我觉得不公平，抽烟写作算服兴奋剂。"10 元钞说。

"抽烟实际上是在吸毒。烟里的致癌物很多。"打火机说，"我的这位主人从十八岁就开始抽烟，烟龄将近二十年。"

"我看他挺健康的。"10 元钞说。

"他已经得了肺癌，而且到了晚期，他还不知道。"打火机叹气。

10 元钞吃了一惊。

"抽烟导致的？"10 元钞问。

"千真万确。"打火机的话最有说服力。

"人怎么会花钱买死？"10 元钞觉得聪明无比的人类不会如此愚蠢。

"何止花钱给自己买死，还要花钱给亲人买死。"打火机说。

10元钞越听越糊涂。

"懂被动吸烟吗？"打火机问。

"不知道。"10元钞接受打火机的扫盲。

不知为什么，打火机先叹了口气。

"抽烟的人将烟雾吸进自己的肺里，肺部使出最大的本事极力将致癌物质挽留住。可每次总有一小部分致癌物还没玩够，想去别的人体再逛逛。这部分致癌物随着吐出的烟雾被不抽烟但不能不进行正常呼吸的人吸进体内。"打火机说。

"不用说了，我知道了。"10元钞一点就通。

"眼镜的女儿已经得了中耳炎，被动吸烟的受害者。一个很可爱的女孩儿。"打火机说。

"真正爱孩子的父母不会和孩子同处一室时吸烟。"10元钞下了一个结论。"既然吸烟是自杀，怎么还有这么多人犯傻？"

"愚昧的表现。发达国家吸烟的人越来越少。不吸烟是文明的标志。"打火机说，"抽烟的人很脏，嘴里特臭。我要是女孩儿，绝不找吸烟的人当男友，接吻时得捏着鼻子。"

"你刚才说眼镜十几岁就开始抽烟？"10元钞问。

"二十岁以下开始抽烟患肺癌的可能性比二十岁以上大一倍。"打火机告诉10元钞。

这时，眼镜已回到家中。他坐在沙发上看报。

"他该抽最后一支烟了。"打火机说。

"最后一支？"10元钞不知道打火机的话是什么意思。

"每个人的体质不同，承受致癌物质的能力也不同。我的主人的承受能力是十四万支烟。他已经抽了139999支。"

"但愿他别再抽了。"

10元钞话音未落，眼镜的一只手已经伸进了衣兜。那只手第十四万次拿起香烟。

10元钞注视着打火机对主人执行死刑。残酷的场面。

这一次，打火机拒绝给尼古丁办理进入主人体内的签证。

连打三次没着后，眼镜将打火机扔进垃圾桶。

一根火柴完成了历史使命。

当天晚上，眼镜肺癌发作。家人将他送进医院。

10元钞目睹了眼镜迅速走向死亡的痛苦过程。那十四万支香烟遗留在他体内的孽种膨化到他的全身，它们戏弄他、摧残他、折磨他，像猫耍耗子那样耍他，把他耍到皮包骨头没有人样时，它们像关自来水开关那样轻而易举地终止了他的心脏搏动。

10元钞成了眼镜的遗物。

后来，10元钞的一位不满二十岁的主人用10元钞去买烟，遭到了10元钞的坚决拒绝。那中学生对于钞票违背主人的旨意感到非常吃惊。他站在路边愣了三十分钟，先后有六名巡警向他问话他都不理。

在10元钞的丰富经历中，有一件事给他留下的印象最深。

在一个阳光明媚的上午，10元钞随一位教授走在某大学校园的林荫道上。

一架飞碟出现在教授头上。教授看不见。10元钞据此判断，那飞碟是隐形的。10元钞不明白自己为什么能看见。

飞碟在教授的前方毫无声响地着陆了。10元钞看见从飞碟里出来几个奇形怪状的生物。

"外星人？"10元钞看过科幻电影。10元钞觉得电影上的外星人形象和他现在见到的真的外星人差距太大。

外星人也是隐形的。教授看不见。

外星人朝教授走过来。

10元钞有点儿为教授担心。

外星人没有伤害教授，他们感兴趣的是10元钞。这是10元钞始料未及的。

外星人神不知鬼不觉地从教授身上拿走了10元钞。

飞碟升到空中。

飞碟内部简单得一塌糊涂，毫无科幻电影中外星飞碟内部的那种科技感。

"就让他给咱们当向导逛逛地球。"一个长得像牙膏的外星人说。

10元钞听明白了。他们是来地球旅游的外星人。他们的科技手段能让任何物质说话。他们选中10元钞为他们当导游。他们将10元钞塞进一台仪器，赋予10元钞语言功能。

10元钞认为外星人是在污辱他，他本来就会说话。

一个长得像拖鞋的外星人把10元钞从仪器里拿出来。

"诸位，有什么问题问吧，他会说话了。"拖鞋说。

"我本来就会说话。"10元钞说。

外星人大眼瞪小眼。

"地球上的钞票都会说话。"10元钞颇为神气地告诉外星人。

"比咱们那儿还先进？咱们的钞票不往仪器里塞绝对没有语言功能。"一个外表像笛子的外星人说。

"地球上哪儿最好玩？"牙膏问10元钞。

"银行。"10元钞回答。在银行里，10元钞能见到不计其数的同胞，听到五花八门的报告文学体故事。

"哪儿最不好玩？"拖鞋问。

"学校。"10元钞说。

笛子说:"咱们随意转转,转到哪儿算哪儿。"

"也好。"牙膏和拖鞋同意。

飞碟升空。

"请介绍人类历史。"笛子对10元钞说。

"每个人就是一部人类发展史。婴儿时期是原始社会,少年时代是奴隶社会,生了孩子以后是封建社会,赚钱养家是资本主义……"10元钞向外星人介绍地球人类。

"忒复杂。"牙膏说。

"那是什么?"拖鞋往下看。

10元钞看见了拍电影的场面。

"拍电影呢。"10元钞说。

"用真人拍电影?"笛子问。

"不用真人是动画片。"10元钞说。

"我们那儿拍电影全用机器人,和真人一样的效果。用真人拍电影,拍完了让别人像看猴似的看,这是侵犯人权。"拖鞋一边说一边摇头。

10元钞曾经跟过一个想当电影演员的姑娘,她为了当演员什么都可以不要了。那导演却什么都要。

拍电影的场面很宏大,动用了飞机。导演盛气凌人,指手画脚,呼风唤雨。名演员目中无人,自我感觉良好,抢着当猴。

外星人看得津津有味。

"他们拍过描写外星人的电影吗?"笛子问10元钞。

"很多。"10元钞说。

"带我们去看看。"拖鞋特感兴趣。

10元钞带着外星人找了好几家电影院,总算找到一家正在放映描写外星人科幻片的电影院。

这是学校包场。观众全是小学生，还有老师。

飞碟悬在电影院的空中和孩子们一起看科幻片。

银幕上展现着星球大战，众多飞碟互相攻击。

"真想参加。"牙膏直搓手。

一个男生大概被坐在前边的同学挡住了视线，他看到急切处情不自禁站起来一下。

老师大怒，命令那男生去休息厅反省。

男生苦苦哀求。老师不依不饶。男生哭着往外走。

"这是为什么？"笛子问10元钞。

听完10元钞的解释，外星人决定帮助弱者。

正当男生一步三回头地往外走时，所有观众都一清二楚地看见一架飞碟从银幕上下来了。

笛子让飞碟显形。

"那位老师，你无权将那孩子驱逐出电影院。"飞碟说。

那老师的眼睛瞪得像乒乓球。

观众无法接受眼前的事实。

那男孩子转过身来，惊讶地看着从银幕上下来的飞碟。

"你回到你的座位上，继续看电影。"飞碟对那男生说。

男生往回走。

"出去！"老师大喝。

飞碟在众目睽睽下将老师升到空中，像表演空中飞人那样让老师绕场一周，然后让老师平安地在休息厅着陆。

老师脸上没有了血色。老师是头一次不依附飞行器无依无靠在空中飞。

电影继续放映。没人看电影了。电影院变成了UFO学术讨论会现场。

飞碟离开电影院。

"我们该回去了，你跟我们走吗？"笛子问 10 元钞。

"不去。劳驾把我送回到那教授身上。"10 元钞要求。

外星人满足了 10 元钞的要求。

当教授发现丢失的 10 块钱又自己跑回来时，连连摇头谴责自己记忆力减退。

该教授是天文学教授，毕生研究外星生物。自己身上的 10 元钞被外星人借用了三个小时，他愣是不知道。

那些看电影的小学生集体向有关部门报告在电影院里看见了飞碟，有关部门认定外国科幻电影使祖国的下一代走火入魔，发急文停演该片。

一位 10 元钞曾跟过的评论家还为此撰文，呼吁全社会关心孩子。10 元钞清楚地记得那评论家有一次骑自行车差点儿撞着一个孩子，他跳下车破口大骂那孩子。10 元钞还记得评论家为了报社少给他四元稿费三天三夜吃不下饭睡不着觉。

不管怎么说，10 元钞还是喜欢人类。

在一个冬季的夜晚，街上飘着雪花。小贩在清冷的路口用门板当餐桌卖夜宵。硕大的锅冒着热气，沸腾的汤里翻滚着煎熬了不知多少天的肉。香味儿向每一个过路人广而告之。

10 元钞躺在门板上，静静地观察每一个用餐的人。

一个衣衫褴褛的男子走过来坐在门板旁，向小贩伸出一个手指头。

小贩心领神会地从锅里给他盛了一碗。

他吃得很用心。

"三儿，还没找着事儿做哪？"小贩问他。

三儿边吃边摇头。

"不瞒你说，这是今天的头一顿饭。"三儿抹了把嘴说。

小贩叹了口气。

三儿吃完了，手伸进兜里掏钱。

"你这是骂我。"小贩见状一边用左手将三儿伸进衣兜的手滞留在兜中，一边用右手拿起10元钞塞给三儿。

"这……这是干什么……"三儿吃惊。

"谁都有困难的时候。哪天你发了，加倍还我。"小贩说。

10元钞头一次被作为赠款到了新主人手中。

10元钞目睹了三儿得到10块钱后的喜悦程度。十块钱给三儿带来的喜悦绝对比十万元给亿万富翁带来的喜悦大。人越穷，同面值钞票的含金量似乎就越高。

三儿的住所简陋不堪，除了床几乎没别的东西。一台黑白电视机给小屋增添了些许文化氛围。

三儿躺在床上看电视。

电视台正在播放一部有轰动效应的连续剧。10元钞最近半个月不管到谁家发现大家都在看这台戏。

10元钞发现三儿酷像剧中的男主角，一个其丑无比的赖小子。

大概观众看浓眉大眼倒了胃口，屏幕上突然冒出个鼻子不是鼻子嘴不是嘴的演员顿时令观众耳目一新，喜欢得不行。那丑星居然一炮走红，让好多鼻子是鼻子嘴是嘴的姑娘晚上睡不着觉。

三儿和那丑星长得一模一样，即便丑星的太太也难辨真假。10元钞想。

第二天，三儿去街上找活干。

几个女中学生发现了三儿，她们的脸上立刻出现了崇拜的表情。她们交头接耳数秒后，委派了一位女生向三儿靠拢。

"您是××吧？"女生恭敬地问三儿。

三儿丈二和尚摸不着头脑。

"您就是。请您签个名。"女生一招手，静观事态的女生们一拥而上，一人手里一个笔记本。

三儿慌了。活这么大，头一次有人让他在工资袋以外的纸上签名。

慌乱中，三儿竟然接过了女生递给他的笔。

这就等于默认自己是××。

围观的人越来越多，当人们得知是大影星在这儿拍叫花子戏后，纷纷庆幸自己运气好，不得到亲笔签名誓不罢休。

巡警动员人们排队等候签名。

当三儿意识到自己不签今天就别想吃饭后，妥协了。

三儿不能签××的名字，只能签自己的名字。

头一个得到三儿签名的女学生欣喜若狂，她跑到一边欣赏伟大的签字。

"是正在拍摄的新片中人物的名字吧？"女生和同伴分析。

大家认可。

三儿签到后来，觉得很享受。在某一个时间里，他甚至真的认为自己是名人了。

最后一个从天上掉下来的崇拜者离去了，三儿回到了现实中。

肚子叫唤了。三儿靠近一家小吃店。他的手伸进兜里攥着10元钞。

店主发现了他，很是惊奇。

"欢迎您光临！"店主显然也把三儿当××了。

三儿眼睛只顾看墙上的菜价单。

"不好意思，敝店简陋。就当您体验一次生活吧！"店主一边把三儿往店里让一边示意老婆快去拿照相机。

三儿身不由己地坐下了，他盘算着是吃六元的鱼香肉丝还是八元的宫保肉丁。

店主根本不问他吃什么。

三儿正纳闷，店员一下子端上来四个菜。

三儿不敢动筷子，他吃不起。

"咱这小店比不上五星级大酒店，您就当忆苦思甜一回。"店主笑容可掬。

三儿还是不敢吃。

老婆将照相机递给店主。

"您能允许我拍一张您在敝店用餐的照片吗？"店主小心翼翼地提要求。

"这顿饭是免费的。"老婆插嘴。

三儿眼睛一亮。他意识到自己的脸能换饭吃。

"拍吧，拍两张。"三儿进入角色挺快。

三儿开始进餐。

店主选角度给三儿照相。

三儿酒足饭饱，白吃白喝的感觉不错。

当天晚上，一位企业家找到三儿的家。

"我们想请您为本厂的产品拍广告。"企业家说。

"我不是××。"三儿声明。他清楚吃顿饭签几个名问题不大，如果拍广告上电视说不定就有法院管了。

"我知道您不是××，要是××我可拍不起。保守说，请××拍广告最少也得付他一百万。"企业家说。

见企业家知道他不是××仍然称呼他"您"，三儿挺感动。

"您只要答应，我们付您五万。这是定金一万。"企业家从西服内兜里掏出一个颇有厚度的信封。信封的张口冲着三儿，眼力再不

107

好的人也能看见信封里的百元钞集团军。

诱惑力太大了。

"犯法吧？"三儿问。

"我向律师咨询过，没问题。我们是找三儿拍广告，不是找××。他能长那样，你为什么不能长？"企业家将信封递到三儿手中。

三儿接了。

当天晚上，三儿给拿门板当餐桌的小贩送去一百元。

三儿拍的广告片在电视台播放了。那企业的产品立马火了。

××一纸诉书递到法院，状告三儿侵权。

法院先在烟头遍地的小庭调解，调解不成，又改在中庭判决。

三儿和那企业胜诉。

××在法庭上发誓要整容改变外貌。

最终，高院判三儿和那企业败诉。

10元钞认为自己已经可以当半个律师了。

5元钞

币种：人民币　版别：1980年版　号码：FP55980166

先自我介绍。我是一张5元面值的人民币。号码FP55980166。1980年版。我1985年首次离开银行进入人世间，至今已整整十年。你一定认为我的主人的数量是天文数字。如果你现在见到我，一准会吃一惊。十年过去了，我还是一张崭新的钞票。

在这3600多天的漫长岁月中，我只拥有过两位主人。罗素夫和边杰。罗素夫是女性。边杰是男性。两人之间经历过人际关系中的几乎所有关系：陌生人、朋友、恋人、非同寻常的恋人、敌人。

我的履历很简单：1985年1月7日至1985年1月8日在罗素夫手中。1985年1月8日至1995年9月1日在边杰手中。1995年9月2日至今在罗素夫手中。

我活了十年，仍然浑身一个褶子没有。我觉得这就是保值，尽管十年前用我可以在餐馆吃一顿涮羊肉，现在我也就值一小碗佐料。依我看，保值是人类最幼稚可笑的一厢情愿的词汇。连人的生命都保不了值，更甭提其他东西了。再说了，求保值心态实际上是对自己的能力的一种亵渎。

在这个世界上，最了解边杰的，是我。在这十年中，他天天将我带在身上。可以这么说，没有我激励他，他不可能有今天。

我创造的价值大大超过我的面值。

是我使边杰从一个穷光蛋变成了千万富翁，完成这一转变用了十年时间。

我敢说，我是世界上唯一目睹一个人从穷光蛋到千万富翁全过程的 5 元人民币。你大概已经发现我说话很严谨。

人要活得好，要么全凭良心，要么一点儿良心不要。就怕一半儿对一半儿。依我说，要想真活得好，必须有良心。靠没良心换好日子，最终有好结果的不多。太阳为什么天天东升西落？宇宙间万物都有行事的规矩。上天给人定的规矩你自己去琢磨。

我是 1985 年 1 月 7 日上午 10 点 27 分从一家银行的储蓄所到罗素夫手中的。

我是当天早晨由武装警察从金库押送到那家储蓄所的。当然，同行的还有不少我的同胞。在这之前，我还被押送过一次，是从造币厂到金库。

罗素夫到储蓄所取钱。她是一个挺漂亮的姑娘。

人长得漂亮，是好事，也是坏事。漂亮一般就不安于现状。靠容貌改变现状往往是灾难的开始。世界上有千万种职业供人们谋生，但归根结底，人是通过四种方式谋生。第一种是运动肌肉方式，也就是通常所说的体力劳动；第二种是运动脑细胞方式，也就是常说的脑力劳动；第三种是脑细胞和肌肉共同运动方式；第四种是靠脸蛋儿谋生方式。

罗素夫将银行职员递给她的钱清点后装进包里，离开储蓄所。

她的家比较俭朴。她回家后干的第一件事是把我们从包里拿出来又清点了一遍。

不知为什么，她把我从同胞中单独拿出来，压在桌子上的玻璃板下边。

在玻璃板下边很不舒服，除去重力不说，还不透气。唯一的优点是能见度高。

罗素夫的家除了她还有她父母。罗素夫二十三岁，尚未出嫁。

"钱取回来啦？"罗母看着桌子上的钱问女儿。

罗素夫点点头。

"有他多少？"罗母问。

"五元。"罗素夫用嘲笑的口气说。

"一共多少？"罗母问。

"八百元。"

"有这么合着存钱的吗？"

"为了凑个整数，当时差五元，他给补上了。"

"什么时候和他摊牌？"罗母问。

"明天。"罗素夫兴奋地说。

罗父从另一个房间走过来加入讨论。这个家庭似乎出了大事，从他们的表情判断，是喜事。

可喜事干吗要用"摊牌"这种词汇？

罗父和罗母给女儿出谋划策，内容是有关和"他"摊牌的。

"罗素夫，电话！"居委会的老太太在楼下用洪钟般的与年龄明显不符的嗓子呐喊。

"李先生的电话！"罗素夫从椅子上一跃而起，满脸喜悦，跑着下楼接传呼电话。

"说话温柔点儿，嗓音别太大！"罗母扯着嗓子叮嘱女儿同李先生在电话里说话要轻声细语。

也许是刚来到人世间的缘故，我看不懂。

我想，你现在听我说到这儿也一定如坠入五里云雾。我干脆暂时钻进时空隧道，抛开我到人世间的时间顺序，怎么能让你听得明白我就怎么说。

边杰和罗素夫青梅竹马。他俩从幼儿园开始同班，一直同到高中毕业。两人何时进入恋爱关系，已无从考证。

罗素夫的外貌看官已经有所了解。边杰亦是一表人才，身高一米八，五官端正。亲朋好友邻里同事都认为边杰和罗素夫是天造地设的一对儿。双方的父母更是自豪不已。罗素夫和边杰称呼对方的父母为"爸爸""妈妈"已有三年历史。更改称呼的前一天，他们走得近极了。

双方父母和当事人于半年前开始准备罗素夫和边杰法律上的婚礼。住房和用来武装新居所需家具电器的资金已经到位。边杰在政府机关当小职员，当时的月薪是四十九元。罗素夫大学毕业后被分配到一家进出口公司，月薪与边杰旗鼓相当。只是罗素夫为独生女，边杰却有两个妹妹。边杰每月都要将工资交给父母，自己只留五元。

那是一个不谈钱的年代。如果有谁说"我想挣大钱"，旁人会像看怪物似的看他。罗素夫从未对边杰将工资的绝大部分交给父母表示不满，每次和边杰约会都主动花钱。边杰也从未觉得抬不起头。

那又是一个变革的年代。按说，什么都好变，难变的是观念。但在当时，变得最快最大的恰恰是观念。观念的通货膨胀程度高于物价，这是为什么人们能够承受物价上涨幅度的根本原因。如果观念变化程度低于物价变化程度，就会出问题。万幸。

边杰经常和罗素夫在罗素夫家附近的一条路上散步。这是一条很不错的路，平坦光滑的路面，人行道上长着使人愉悦的树，棵棵发育健全，身材丰满。

不知从哪天起，这条路两旁的便道上搭起了连成一片的铁皮房子。小贩告别板车登堂入室相继开张，有餐饮，有美发，有彩扩，有书刊，有装修，有服装，有水果……

在方便购物的同时，昔日宁静的路没有了。由于没有了便道，行人不得不和汽车浑然一体地行进在机动车道上。商亭没有下水道，路面自然成为店主们泼洒各种门类脏水的必然场所。往日干净的路面变成了一根发霉的油条。便道上的树或被围困或充当免费错别字广告的支架，好好的树变成了盆景展览，七扭八歪。张牙舞爪的滚烫的油锅虎视眈眈地注视着过往的男女老少，使人弄不清是谁吃谁。

罗素夫和边杰失去了散步的路，得到了购物的方便。

几乎所有人都像这条路一样，在变。

罗素夫和边杰的结婚日程已进入倒计时，准备工作也到了紧锣密鼓阶段。

一天晚上，边杰下班后直接到罗素夫家。罗素夫也刚下班进家门。

"告诉你个好消息。"罗素夫对帮着岳母洗菜的边杰说。

边杰的视线从水池子里移到未婚妻脸上。

"我们公司让我下个星期去广州参加广交会。"罗素夫的声音里充满了喜悦。

"真的？"边杰显然为罗素夫高兴，"不是小李去吗？"

"小李昨晚患急性阑尾炎住院了。经理让我替补。"

"你运气真不错。"

"经理让我负责我们公司展台的资料发放和建立新客户档案。"罗素夫满面春风。

当时能参加广交会是令人羡慕的事。

罗素夫和边杰商定，罗素夫从广州回来后，两人就去办结婚登记手续。登记一周后，正式组建家庭。

这是罗素夫第一次离开出生地。边杰送她去机场。边杰还托付罗素夫的同事多关照她。飞机升到一万米高空后同事还在向罗素夫夸边杰。

世界上的事有时很怪。表面看毫无关联的事，其实有着千丝万缕的联系。一个人的内脏发生一点儿变化，可能改变另一个素不相识的人的一生的命运。这个世界上的所有东西都是联系在一起的，互相牵制，互相影响。夸张点儿说，牵一发而动全球。

罗素夫的同事小李的阑尾发炎，改变了罗素夫和边杰一生的命运。再往远了说，小李的阑尾炎导致边杰十年后为这个国家起码创造了两百个就业机会。这两百个人的父母由于素昧平生的小李的阑尾在十年前发炎而受益匪浅。还有这两百个人的配偶、子女、七大姑八大姨都和小李的阑尾炎有或多或少的联系。

罗素夫在广州大开眼界。

广交会上的人都衣冠楚楚，彬彬有礼。各种宴会、鸡尾酒会、舞会使罗素夫自惭形秽又心潮澎湃。她羡慕这种生活，头一次意识到钱的重要。她渴望过有钱的生活。她想天天参加鸡尾酒会，天天同社会名流交往，住别墅，坐豪华房车。

罗素夫清楚这是梦想，凭她和边杰的收入，这辈子能装上空调就不错了。

每天晚上，罗素夫躺在星级宾馆的席梦思床上又兴奋又沮丧。

一天下午，一位中年男人来到罗素夫公司的展位前。他看了罗素夫一眼，然后认真翻阅商业资料。

罗素夫热情地向他介绍本公司产品。那男人一边注视罗素夫一边听。

罗素夫对他的第一印象极差。一米六的身高，五官长的是什么不像什么，鼻子像耳朵，耳朵像嘴。最让罗素夫反感的是他的瘦。罗素夫历来认为，男人一瘦就完了，肯定事业和体重一样没分量。

"小姐，这是我的名片。"那男人双手递给罗素夫名片。

罗素夫接过一看，名片上赫然印着"台湾鲲鹏鞋业有限公司总经理"。

罗素夫立刻觉得他顺眼多了。

"小姐，可以送我一张名片吗？"李总经理问。

罗素夫脸微微一红。她没有名片。

"我的名片用完了。"罗素夫不知为什么撒谎。

"没关系，我也经常碰到这种情况。"李总善解人意。

罗素夫冲他一笑。他三十七八岁。

"欢迎李先生和我们公司合作。"罗素夫说。

"希望能有机会。"李先生意味深长地看了罗素夫一眼，离开了展台。

罗素夫继续工作，没有什么特殊的感觉。

李先生没有走远，一直在罗素夫的展台附近徘徊，暗中仔细观察罗素夫。

李先生的公司在台湾是小企业，比惨淡经营稍强一点儿。他在事业上不算成功，加之相貌丑陋，还有癫痫病，因而一直未有女子肯嫁他。两岸可以走动后，抱着越海一试的心态，李先生来到了广交会。

今天是李先生参加广交会的第一天。他的眼睛满场扫荡，不看展品，专看姑娘。

广交会上的小姐一个比一个漂亮，直看得李先生眼花缭乱，目不暇接。

李先生不敢和漂亮小姐搭话。他在台湾有过多次受挫的记录。可他又不能白花路费，他必须破釜沉舟一次，反正周围没有熟人。

他选中了罗素夫作为第一个试验目标。

亭亭玉立的罗素夫使他相形见绌，他在和罗素夫搭话的全过程中心跳一直超速。

他离开罗素夫的展台时，感觉受宠若惊。如此美貌的姑娘居然和他说了三分钟话！

李先生决定一不做二不休，索性豁出去了。

罗素夫正在整理资料，李先生又出现在她面前。

"小姐贵姓？"李先生内紧外松地问。

"姓罗。"罗素夫说。

"罗小姐……我……可以请您……共进晚餐吗？"李先生终于壮着胆子说完了这句话。在台湾，杀了他他也不敢对漂亮小姐说这句话。

罗素夫一愣。

李先生觉得这一愣愣了一个世纪。他当时感觉自己是等待法官宣判的被告，抑或是被剥光了衣服示众。

罗素夫答应了。鬼使神差。究其原因，那张名片起的作用。

李先生不敢相信自己的耳朵，他也一愣。

"谢谢，谢谢！"李先生忙不迭地致谢，就差下跪了。

从罗素夫答应同李先生共进晚餐到实际共进晚餐这段时间，罗素夫的大脑一刻也没有停止运转。至于她到底想了些什么，别人无从得知。

傍晚，李先生到罗素夫下榻的宾馆接她。

罗素夫随李先生乘出租车到广州最豪华的五星级饭店。一进饭店大厅罗素夫就傻了，她从未见过如此奢侈的场所。尽管她在广州也是住宾馆，可那家宾馆同这家饭店是天壤之别。从天而降的彩色瀑布将罗素夫的人生观重新染过。

罗素夫犯了一个所有姑娘第一次由男人领着到这种场所都会犯的错误，将李先生和这豪华设施联系在一起。这儿是李先生的，李先生是这儿的。

罗素夫对李先生的崇敬油然而生。

李先生恰如其分地边走边给罗素夫当导游，告诉她这人造瀑布的工作原理，水晶灯的价格，红木家具的传说。李先生当天下午专程到这家饭店踩道，他在家乡从未进过这个档次的饭店。

在罗素夫眼中，李先生身材高大了，相貌英俊了，年龄减少了，俨然一个白马王子。

李先生在有异国情调的餐厅预订了座位。当引座小姐说出了罗素夫的姓氏并致简单欢迎词时，罗素夫热血沸腾。李先生一系列的女士优先动作使罗素夫从头舒服到脚，不由得想起了边杰。边杰和她进出门时从来都是走前边。

入座后，李先生请罗素夫点菜。

罗素夫根本不会，她说了所有不会点菜的小姐都会说的话："随便，简单点儿。"

"罗小姐喜欢吃什么？"李先生问。

"都行。"罗素夫喜欢吃炸酱面，但她不敢说。

李先生开始点菜。

开始用餐后，李先生时不时教罗素夫怎样正确使用洗手的茶水，怎样使唤服务员……

每扫一次盲，罗素夫就觉得自己矮一截，李先生高一截。几个回合下来，比李先生高半头的罗素夫成了侏儒，二等残疾李先生成了巨人。

"罗小姐，你是属于这种地方的。"李先生说。

罗素夫苦笑。

"我准备在广东投资办合资企业，效益肯定会很好。"李先生说。

"生产鞋？"罗素夫问。

"对。可以出口到美国，也可以在大陆销。大陆的市场太大了。"李先生掏出计算器噼里啪啦一通按，很是专业。

罗素夫心里有点儿酸溜溜的感觉。酸在李先生的宏图伟业和她没任何关系。

李先生忽然叹了口气。

"怎么了，李先生？"罗素夫问。

"我现在是万事俱备，就缺人。"李先生说。

"大陆这么多人，怎么会缺人？"罗素夫不解。

"我说的缺人不是缺一般人，是缺替我管事的人。我不可能天天盯在这儿，台湾那边的生意也要照看。企业用人，忠诚最重要。"李先生说。

"叫您太太来呀。"罗素夫说这话时，心里的感觉很怪，好像在企盼什么。

"我还没有结婚。"李先生终于很自然地说出了这句话。

罗素夫脸红了，止都止不住。

"罗小姐也是单身？"李先生问。

罗素夫拼命点头。

"有男朋友？"李先生继续盘问。

罗素夫摇头，二十年的恋情被否认了。

罗素夫太想有钱了，太想住好房子、坐好车、穿好衣服了。边杰给不了她这些。

在用餐即将结束的时候，李先生向罗素夫求婚。

"罗小姐不用马上答复，这是终身大事。明天告诉我就行。"李先生说。

尽管罗素夫在饭吃到一半儿时有一定的预感，但她还是不相信自己的耳朵。

当罗素夫看到李先生用信用卡结账时，她不犹豫了。

"我答应。"罗素夫给自己的人生拍板。

李先生抑制住狂喜，将准备好的钻戒戴在罗素夫白嫩的手指上。

罗素夫提出两个条件：去美国旅行结婚，当合资企业总经理。

李先生不折不扣答应了。

双方都怕夜长梦多，一致决定一个月后的今天成婚。

当天晚上，罗素夫彻夜未眠。她想了很多，想美国，想别墅，想总经理办公室，想私家车。唯独没想边杰，一秒钟都没想。

三天后，罗素夫回到了自己的家。这天是1985年1月6日。

"一个月后我要结婚了。"罗素夫对父母说。

"我们知道。"妈妈用疼爱的目光看女儿。

"不是和边杰结婚。"罗素夫甩出了重磅炸弹。

"没正形。去广州学坏了。"爸爸说。

"真的。这是他的照片。"罗素夫将李先生的照片递给父母。

父母一愣。妈妈先看照片。

"哪儿找这么个丑八怪和我们寻开心？"妈妈用指头戳女儿的头。

罗素夫叙述事情经过。

父母的脸色越来越难看。

"不行！简直是开玩笑！认识一天就订婚了？边杰怎么办？胡闹！"爸爸发怒。

"这李先生也太丑了，怎么配得上你？带不出去呀！再说，他比你大十几岁，看上去比我还老。"妈妈坚决反对。

罗素夫不慌不忙地从提包里拿出一个纸包放在桌上，打开。三沓百元钞人民币赫然呈现在二老面前。

"这是李先生孝敬你们的三万元，算是订婚款。结婚前，他说再给七万。他还说三年内让你们住进别墅，每年让你们出国旅游一次。"罗素夫说。

他们从来没见过这么多钱，眼珠变绿了。

"李先生是台商，很有钱。最近要在广东投资建厂，让我当总经理。我们去美国旅行结婚。"罗素夫说，"你们如果坚决反对，我听你们的。"

父母对视。

沉默。

"要我说，这门婚事不是不能考虑……"妈妈动摇了。

"李先生有事业。男人其实长相不重要。"爸爸盯着桌子上的钞票说。

十分钟后，二老给女儿的"婚变"办了签证。

李先生后天抵达本市拜见岳父岳母大人。

现在只剩一件事：炒边杰的鱿鱼。必须干净利落，不拖泥带水。

1月7日，我在玻璃板下边听到了他们对此事的全部战略部署和战术方针。姜的确是老的辣。罗素夫的父母献计献策很是周全。从最坏的方面着想，往最好的方向努力。他们对边杰可能做出的反应做了全方位分析，再一一制订对策。

父母抚养孩子由两个方面组成，财物抚养和真理抚养。财物抚养就是为孩子提供衣食住行。真理抚养是教孩子怎么做人，让孩子明辨什么是真善美，什么是假恶丑，培育孩子的同情心和正义感，以及确保孩子接受真正科学的知识。

相当数量的父母只知道对孩子进行财物抚养，不知道还应该对孩子进行真理抚养。这样的父母，最终会自食恶果。"可怜天下父母心"在绝大多数情况下应该是"可惜天下父母心"。

罗素夫的父母没有对自己的孩子进行真理抚养。

我一边听他们的战前动员会一边为他们难过。我还为当时尚未和我谋面的边杰担心,不知道他能否承受这个打击。

1月8日下午,罗素夫约见边杰。地点选在一座街心公园,罗素夫的父母还有罗素夫的表哥埋伏在暗处为罗素夫保驾护航。表哥极为兴奋,他想沾表妹的光发财,吃软饭。

离家前,罗素夫将我从玻璃板下边拿出来,装进衣兜。

边杰准时到达。

"回来怎么不告诉我?我一直等着去机场接你。"边杰是一个小时前从罗素夫打给他的电话里知道恋人已经从广州回来的。他嗔怪恋人。

"有件事和你谈。"罗素夫脸上有愧疚的表情。

"这么严肃?从广州回来的人不该这样呀!"边杰逗恋人。

"你得有精神准备。"罗素夫一脸庄严。

"怀孕了?"边杰脸上的笑意没有了。当时是一个对未婚先孕不兼容的时代。

罗素夫摇摇头。

"到底怎么了?"边杰盯着恋人的眼睛,盯得很仔细。

"咱们的关系……不能再……继续了。"罗素夫的眼圈儿红了,她毕竟和他相处了将近二十年。

"你说什么?"边杰在一瞬间体验到了高位截瘫的滋味儿,觉得从脖子以下全都麻了,只剩下大脑孤单地挣扎,像悬在空中的直升机,上不着天下不着地,只有轰鸣。

罗素夫重复了一遍。

"为什么?"边杰觉得自己的声音是从身体外边的某个地方发

出的。

"我又有人了。"罗素夫不想骗他。

"有人了？谁？什么时候认识的？"边杰看了看四周，像在看一个陌生的星球。

"这次去广州认识的。我们下个月去美国结婚。"罗素夫什么也不想瞒边杰。

边杰极力控制自己不摔倒。

"为什么？"边杰看见了罗素夫手指上的钻戒。

"他有钱。我想过好日子。你不能给我这些。"罗素夫直率地说。

"我不笨，过去是没机会。现在开始有机会了，我也能挣大钱！"边杰维护自己的尊严。

作为男人，自己的女人因为钱跟另一个男人走了，表面看受伤害的是男人的感情，实际上被判死刑的是男人的能力。对于男人来说，前一种打击致残，后一种打击致命。

罗素夫的嘴角闪过一丝讥笑，她轻轻摇了摇头。

"这是咱们共同存款中的你的五元钱。"罗素夫将我从兜里拿出来，递给边杰，"还给你。"

边杰看着我，满脸通红。他的感觉一定是在被人羞辱。

罗素夫把我塞到边杰的手里。

他的五个手指三个冰凉，两个滚烫。

"咱们不要再见面了。别往我的单位打电话，我已经辞职了。请原谅我。如果你真爱我，就别再找我了。"罗素夫含着泪转身跑了。

边杰想追罗素夫，他的腿显然拒绝大脑的指令，动不了。

他吃力地移动到只有两米远的石凳旁，坐下，双手拿着我，头埋得很低看着我。我清楚地看见他眼睛里的泪珠，做好了承受它们的准备。然而，它们一颗也没掉下来。他的脸很热，泪珠却在他的眼眶里结了冰。

我觉得边杰非同寻常。

对于人来说，财分为两部分，外财和内财。外财是我们，也就是钱。内财是人的生命、身体和智慧。外财是水，内财是水的源头。有了内财，才有外财。没有内财，外财将不复存在。罗素夫只看到李先生的外财，看不到边杰的内财，犯了扔了金山抱石头的错误。

世界上的绝大部分蠢事是聪明人干的。

我陪着边杰在街心公园坐了五个小时。他回家后，一头扎进自己的房间，在床上一躺就是三天三夜，不吃不喝，掉了十斤肉。

其间，边杰的父母要去罗素夫家要说法，被边杰坚决制止了。

第四天早晨，边杰起来了。他做的第一件事是把我平摊在桌子上，用钢笔在我身上写了七个字：灾难里面有黄金。

尽管我对边杰在我身上写字不满，但我原谅了他，因为我从这几个字上看出，罗素夫必将悔恨终生。

边杰的早饭吃得气吞山河，一顿吃了三天的饭。体重完全恢复。

边杰小心翼翼地将我带在身上。这一带，就是十年。每当他遇到困难时，就长时间注视我，从我身上汲取无穷的力量。

边杰准备出门。

"你去哪儿？"母亲问儿子，怕他鲁莽行事。

"去单位辞职。"边杰平静地说。

"辞职？连班都不上了？你也太脆弱了！"父亲皱眉头。

"不是脆弱，是坚强。我要证明自己。不能证明自己能力的男人不是男人。"边杰说。

"在单位好好工作一样能够证明自己。"母亲劝儿子。

"在我们单位当到局长算到头了。当上局长能算证明了自己的能力吗？我看不能算。当局长很大程度需要的是才能之外的东西。"边杰反驳。

"铁饭碗不能丢！"父亲提高了声调。

"在这个世界上，不会有任何人给你铁饭碗，只有自己给自己铸铁饭碗。咱们国家的人最爱说铁饭碗这个词儿，但真正懂铁饭碗含义的人不多。铁饭碗的真正含义不是在一个地方吃一辈子饭，而是一辈子到哪儿都有饭吃。"边杰说。

父亲沉默了。他从来没听过儿子说这样掷地有声的话。他第一次感受到儿子是个男子汉。在儿子和准儿媳热恋的这些年，他从没觉得儿子是男子汉。男子汉是屈辱铸就的。

"没有了公费医疗，生病了怎么办？"母亲提醒儿子。

"一个人如果连维修自己身体的费用都挣不出来，还有活的必要吗？公费医疗制度是切除人的能力的手术刀。"边杰说。

父亲再次对儿子刮目相看。这才是男人说的话。有的男人枉长了一个男性的喉头，一辈子没说过男人话。看重工龄、看重公费医疗、看重档案有地儿放的男人不是男人。

"去办辞职手续吧！"父亲拍拍儿子的肩膀。

我和边杰下楼后，父母还在窗口望着他，好像儿子在走一条新路。家门口这条路边杰已经走了十几年。真正的路不是用柏油和水泥铺设在地球上，而是用智慧和汗水铺设在生命中。

边杰到单位办辞职手续。

一个叫吕船鬃的处长给边杰当了一年多顶头上司，那是一个正宗混蛋。他最爱干的事就是参加公款吃喝，其次是利用职权为自己捞取利益或利用职权刁难他人。有些人特怕自己的财产贬值，唯独不怕自己的品质贬值。还有的人不当官显不出坏，就像有的明星不接受采访看不出智商一般一样。吕船鬃没当处长时挺正人君子，一当处长立马就变成了恶棍。好像乌纱帽是丑恶的开关，一戴上马上就犯坏。

吕船鬃看见边杰走进办公室，他那正在和下属小姐笑脸相对的脸立刻晴转阴。

"这几天你干什么去了？为什么不请假？写检查。扣本月奖金。"吕船鬃威严地对边杰说。他喜欢管人。管人的时候能产生一种干任何事都产生不了的特殊快感，很爽。

"我辞职。现在办手续。"边杰声音虽然不大，但使用的是命令的口气。他终于再也不用在这个乐于公款吃喝的人渣处长面前唯唯诺诺了。

当吕船鬃证实了边杰的话不是戏言后，他的脸上堆满了不自然的笑容和自然的尴尬。

边杰奇怪自己过去怎么会为了四十多元月薪甘心忍受这么一个败类的奴役。他觉得，和这样的人在一起工作，按当时的物价指数计算，月薪逾两千心理才能平衡。

先天获得才能不需要你付出任何努力。如果你继续不努力，后天丧失才能更容易。

很多人先天获得了才能。更多人后天丧失了才能。

边杰将束缚自己才能的枷锁卸掉，他相信父母留给他的遗传基因里埋藏有某种才能。才能只有试了方能发现，不试永远没有。试了没有从此听天由命，任凭有才能的男人用钱引诱家妻而毫无怨言，口服心服，甘拜下风。对于有外遇的女性来说，白马王子和流氓有很多共同点，区别在于有才和没才。有才的流氓是白马王子，没才的白马王子是流氓。

边杰拿着自己的档案回到家里，把它烧了。看着橘红色的火苗快活地吃着自己的档案，边杰没有失去一切的感觉，反而有得到一切的感觉。

档案如果能真实地反映一个人的品质和才能，它就是你人生道路上的帮手；如果不能，它将成为给你的人生捣乱的凶手。档案和主人的品质与才能完全同步的凤毛麟角。有档案的人是另一种双胞胎，你在外边活，你的另一半在铁皮柜里被囚禁着。如果你和它长得完全一样是你的万幸。一旦它和你长得不一样，你的人生航船随时会迷航或者遭遇灭顶之灾。不管它长得比你难看还是比你漂亮，对你来说，都是人生绊索。

"其实人只应该有一种档案，放在公安局的档案。里边只记录犯罪和见义勇为。"边杰注视着火苗，自言自语。

你的禁忌越多，你的成就越少。人只应有一种禁忌——法律，除此之外，越肆无忌惮越好。

边杰现在是一无所有。他给自己制定了目标：通过劳动用十年时间把自己从一文不名变成千万富翁。国家给每个人创造了这样的机会。没人阻止你发财。总是抱怨物价上涨过快是无能的标志。用你的赚钱能力把物价远远抛在后边。边杰摩拳擦掌。

想想容易，运作很难。

边杰先把自己关在家里一个星期，分析自己的长处。

每个人都有长处。奋斗人生的诀窍就是经营自己的长处。经营自己的长处能给你的人生增值，经营自己的短处必然使你的人生贬值。不少人终生经营自己的短处，自己和自己别扭，结果苦了自己的自尊，也苦了家人的自尊。

边杰从一本旧挂历上撕下一张纸，将纸的白面朝外贴在墙上，挂历上的美女只得和墙接吻，边杰在美女的背后写字。

他把自己的长处和短处都写在纸上。看。像战前分析地图的将军。

边杰比较失望。他发现自己除了善良几乎没什么长处，如果善良也算长处的话。再有就是做事投入，敬业。还有一个长处是善于接受教训。没了。

依我看，善良是人的第一财富。智慧是人的第二财富。亲人是人的第三财富。健康是人的第四财富。金钱是人的第五财富。我比边杰乐观，觉得他几乎拥有全部前四种财富。用这前四种财富去挣第五种财富，成功率低不了。

善良、敬业、善于接受教训、机会，具备这四条，百分之百能从身无分文成为百万富翁。我是钱，我们钱最知道人怎样才能挣到我们。我了解我和我的同胞，知道我们爱往哪种人手里钻，挡都挡不住。遗憾的是没人向我们请教。能教人怎么挣大钱的老师就在每个人身上，可人却不闻不问。我希望边杰能得到我的指点。

边杰久久看着贴在墙上的自己的能力地图，喃喃自语："上北下南，左西右东。"

我不明白这话是什么意思。

边杰是真刀真枪上阵，难度很大，不像用嘴踢球的足球比赛电视转播解说员，通过舌头比教练和球员技高一筹。

边杰坐在桌旁、站在窗前、躺在床上，使用各种姿势冥思苦想。姿势和大脑思维程度很有关系，不同的姿势对大脑造成了不同的供血量，直接影响大脑的思维。坐着想不通的事，躺下就想通了。让任何学生躺着考试都能及格，可惜老师不干。

边杰是在寻找从穷光蛋到百万富翁的路。地球上所有种类的人之间都有路连着，没有不可逾越的障碍。穷人和富人，国家元首和囚犯，爱人和敌人，博士和白痴。一不小心就走到对面去了。

家里人不打扰边杰找路。他们连走路都踮着脚尖，生怕干扰边杰的脑细胞工作。边杰的两个妹妹轮流为他做饭，她们在经济允许的前提下尽量给哥哥制作支持脑细胞运动的食物。她们为哥哥被罗素夫退婚感到一种同胞共乳的耻辱。她们本来就梦想有一个出人头地的哥哥，现在机会来了，她们懂得没有挫折就没有成功。罗素夫如果和边杰白头到老，边杰将终生一事无成。罗素夫抛弃边杰可能导致边杰的妹妹拥有一个名扬四海的哥哥。

在大多数情况下，有一个事业有成的兄弟姐妹是一件令人愉快的事。这种机会是用血肉铸成的，比别的机会牢靠。但是血肉关系要靠脉络疏通，一旦疏通不畅，血肉就会坏死，有一个事业有成的兄弟姐妹就变成了一件令人不那么愉快的事。

边杰想到第五天时，还没找到通往百万富翁的路。他不知道从哪儿下手开始干。我发现他吃妹妹端上来的饭菜时越来越不好意思。

我替边杰着急。作为货币，对于怎样走上致富之路我知道得一清二楚。我想为他指路，可他不向我请教。采用不和钱沟通的方法挣钱只会事倍功半。你想得到什么应该先了解它，不了解就试图拥有只会给你增添烦恼。

对于边杰这样赤手空拳、资金和业绩都是零的人来说，他的通讯录是他发家致富的法宝。良好的人际关系是一笔财富，一笔无形资产。特别是如果他的通讯录里有能人的名字，更是一件好事。认识能人意味着机会，认识的能人多机会就多。

深夜十二点了，边杰还坐在桌前苦苦思索。他连摆摊卖水果都想过了。我感到他有点儿气馁。

边杰将我从衣兜里拿出来，平摊在桌上。我直视着他，他也直视着我。他在从我身上汲取力量。

"想想容易，真正做起来难啊。"边杰看着我说。

"其实也不难。"我说。

"怎么不难？"他问。

边杰终于同我对话了。他听我说话一点儿不吃惊。他不是寻常人。我由此判断。

"干什么事都有诀窍。"我说。

"我现在应该怎么办？"边杰问。他大概是人类中第一个向钱请教如何挣钱的人。

"打开你的通讯录。"我说。

"通讯录？"边杰的左眼眶里布满了纳闷，右眼眶里充溢着不解。

"从你的通讯录中找出事业有成的朋友，按他们成功的程度给他们排队，从最成功的那个开始一一联系。"我用导师的口气诲人不倦。

他不傻，属于一点就通的人。我看见他的左眼眶里顿悟和纳闷换防，右眼眶里欣喜与不解对调。

"你现在需要机会。能人朋友能给你创造机会。你这样的人有了机会准发达。朋友中能人越多，机会越多。"我继续点拨他。

"不知为什么，朋友中有人发达了，我倒同人家疏远了。我觉得几乎所有人认识有钱人后，都会希望从有钱人身上得到好处。人有钱以后，认识和交往的人越少，生命和财产越安全。我大概是为有钱的朋友考虑，采用敬而远之的方法保护他们。"边杰解析自己。

"是这么回事。"我同意，"能人一般都有钱。绝大多数人认识能人都想从能人身上得到好处。好处有两种，一种是直接得到钱，一种是得到机会。前一种不可取，能人之所以是能人，就因为他聪明。聪明人不会在别人觊觎他的钱财时一无所知。你如果企望通过第一种方法从能人身上得到好处，其结果必然是失去这个能人朋友。

可行的是第二种方法，通过从能人朋友身上猎取机会而获得好处。"

边杰双目齐放异彩。

"在我出发之前，能给我几个忠告吗？你绝对懂得怎样才能挣到大钱。"他说。

我知道他说的"出发"是指这次人生远征。

"三个忠告。如果你真的照着做了，终生受益无穷。"我说。

他拿笔记本记录。

"别记。让别人知道了，对你不利。"我制止他笔录。

"为什么？"他收起笔记本。

"一旦知道了这三个诀窍，你的竞争对手就会强大。"我说。

"请讲，我记在心里。"边杰一脸进教堂的表情。

"第一个忠告：不该挣的钱千万别挣。挣了会使你失去更多的钱。"

我看得出，边杰将这个忠告铸进自己的骨髓里了。

"第二个忠告：一台电器同时有多种功能容易出毛病，一个人同时干几件事容易失败。"

边杰把这个忠告注射进自己的血液里。

"我有时候在媒介上看到名人专访，有的名人干什么都行。唱歌行，画画行，写书行……"边杰质疑我的第二个忠告。

"自卑有多种档次。最高档次的自卑的表现是吹嘘自己干什么都是天才。"我甩给他一句轻而易举就能击溃他的质疑的重磅话。

边杰点头。不是一般的点头，是足以将大脑中的旧观念震出去的那种点头，是欢迎新观念入住的筑巢引凤式的点头。

"第三个忠告：用大脑走路。"我说。

"用脑子走路？"边杰问。

"在人生的道路上，有人成功，有人失败。为什么？失败的人用腿走路。成功的人用脑子走路。"我给第三个忠告加注解。

边杰将第三个忠告拷贝在自己的大脑皮层上记忆力最强的区域。

"你现在的机会不错。国家很快会实行市场经济。"我说。真正的经济专家是我们钱。

"市场经济？"边杰没听过这个词。

"相对于计划经济而言。计划经济是由人来决定生产什么。市场经济是由市场决定生产什么。"我给这位大学毕业生上课。有的人上学越多往往越糊涂。

"你能不能用通俗的话说明什么是市场经济？"边杰要求。

"有人买就生产，没人买就停产。买的人多就多生产，买的人少就少生产。供不应求就涨价，供大于求就降价。这就是市场经济。"我说。

"明白了。咱们国家肯定会实行市场经济？"边杰问。

"肯定。不实行市场经济没出路。"我说，"你赶上好时候了。"

"实行市场经济，竞争会非常激烈吧？"边杰有点儿担心。

"岂止激烈，是残酷。发展市场经济，有两个东西不可避免：通货膨胀和失业。"我说。

"所有商品都会涨价吗？"边杰没钱。

"凡是在工厂能造出来的东西，身价不会与日俱增。凡是在工厂造不出来的东西，身价都会日新月异。"我说。

边杰点头。

当天晚上，边杰给他的朋友排队。

他的朋友中目前最有出息的是徐民，纬峰公司市场部经理。

第二天上午，边杰使用居委会的公用电话同徐民联系。

徐民很热情，约边杰下午到纬峰公司见面。

下午，我和边杰乘公共汽车去纬峰公司。我清楚，边杰乘公共汽车的历史很快会结束。这个人在事业上会有极大的发展。经商首先要做一个仰不愧于天，俯不怍于地的人。边杰具备这个素质。

纬峰公司是一家电脑公司，公司里的桌子上摆满了电脑。有不少电脑裸露着内脏，和桌子上乱七八糟的导线交相辉映，像农贸市场上的生宰活鸡摊位。

系着领带的徐民满面春风地将边杰请进他的办公室，吩咐小姐给边杰端茶。

边杰说明来意。

"辞公职了？了不起！就到我这儿来干吧！我承包了这个公司的市场部，正需要人。"徐民说。

"我看你这儿人挺多呀。"边杰说。

"要用自己人，不然太操心。办企业用人，忠诚第一，才能第二。"徐民说。

边杰心里热乎乎的。

"电脑业很有发展，选这个行当没错。"徐民神采飞扬。

"可我不懂电脑。"边杰说。

"我包你一天学会。"

"一天？"边杰不信。"我保证一天之内教会你用电脑和修电脑。"

一天学会使用电脑边杰还能勉强相信，一天学会修理电脑边杰无论如何不信。

"咱们是朋友，我又要用你，才会这么教你。如果是别人，我一天教你的电脑知识会教他三年，还让他弄不明白。用四个字就能形容搞电脑的人。"

"哪四个字？"

"故弄玄虚。"徐民又补充道,"在技术上故弄玄虚,在价格上故弄玄虚。"

边杰眼中掠过一丝阴影。

"明天来上班。"徐民说。

"谢谢。"边杰感激。

第二天,边杰到纬峰公司上班。徐民用整整一天时间教边杰使用和修理电脑。徐民教的全是真东西,不拐一点儿弯,不掺一点儿花活。边杰一目了然,全会了。

"你现在自己开家电脑公司绰绰有余。"徐民说,"我学今天教你的东西起码学了五年,人家不教你真东西呀!你看到书店里卖的那些电脑书了吗?一本比一本厚。你要是照着那些书学电脑,这辈子别想懂电脑了。那才叫南辕北辙。经营电脑的人最怕用户懂电脑。你以后推销电脑时,千万不能把我今天教你的技术告诉客户,否则咱们公司就该关门了。"

边杰点头。他到现在才知道,不是中国的电脑不行,是中国不少经营电脑的人的素质不行。

边杰开始兢兢业业地在纬峰公司上班。他的职责是推销纬峰牌电脑。纬峰电脑都是用散件攒的,俗话叫兼容机。兼容机的反义词是名牌原装机。

边杰接待的第一个客户是一位望子成龙的妈妈。她希望买一台能保值的电脑。

"电脑不能保值。但电脑能给你的孩子的大脑保值。"边杰对她说。

边杰这句话坚定了她买电脑的意念。

还有一句话边杰没敢说:电脑是个好东西,卖电脑的人往往不是好东西。

当边杰得知这位妈妈是工薪阶层差不多一年没吃肉才攒下给孩子买电脑的钱时，奉劝她不要买兼容机，而是去买名牌原装机。

"为什么？"她对于他放着钱不挣感到吃惊，"原装机贵吧？"

"越没钱越要买原装名牌电脑。没钱千万别买兼容机，那不是电脑，是电恼。有钱再去买兼容机，折腾钱玩。再说了，原装名牌机并不一定比兼容机贵。"边杰说出了对所有想买电脑的工薪阶层大有益处的话。

那位一年不知道肉味儿的妈妈眼中出现了泪花。她没见过这么做生意的。

同事将边杰的叛徒行为向徐民举报。

做电脑生意的人的品质急需格式化。他们和钱太兼容，和电脑不兼容。

徐民对边杰的举动很吃惊。

"请解释。"徐民从肺里直接进出三个字。

"她攒点儿钱不容易，应该买质量好的电脑。"边杰说。

"你认识她？"

边杰摇头。

"莫名其妙！就算认识，也不能这样！我告诉你一个电脑行业的秘密：宰朋友。"徐民看着挂在墙上的纬峰公司的营业执照说。

"宰朋友？"边杰打了个哆嗦。

"想买电脑又不懂电脑的人有个大误区：托懂电脑的朋友买电脑。对咱们做电脑生意的人来说，这是宰人发财的最好机会。我的一个朋友认识一位作家，那作家你准知道，咱们小时候都看过他的作品。那作家想买电脑，可一点儿不懂电脑，就托我这位朋友买。这位朋友找到我，谈好给他提成三千元。咱们会少收入三千吗？当然不会，加上去了。而且咱们把一台咱公司已经用了一年的旧电脑换了个新机箱卖给了那作家。作家来提货时还高兴得不得了……"徐民的得意之情溢于言表。

"对不起，我辞职。"边杰打断徐民的话，炒了徐民的鱿鱼。

徐民脸色很难看，像中了病毒的电脑屏幕。

回到家里，边杰发誓将来一定写一本普及电脑常识的小册子，断那些电脑虫的财路。边杰管心术不正的做电脑生意的人叫电脑虫。

"小册子有二十页就足够了。"我说。

"我要在书的扉页印上：不要托人买电脑。懂电脑的人往往不懂做人。"边杰说。

"何止电脑。不要托熟人买你不熟悉的商品。"我说。

"那位作家够倒霉的。挨读者宰不知是什么滋味儿。"边杰用吸气的方法叹气。

"不管什么经历都是作家的钱。"我为边杰宽心。

第二天，边杰又去一家名叫华彤的电脑公司应聘。华彤公司对边杰的电脑技术十分欣赏，边杰被录用了。

两天后，边杰再次炒了老板。华彤比纬峰更黑，那经理连亲爸爸都宰。

"在咱们这儿，没有电脑人，只有电脑虫。"边杰偏激。

"世界上只有一件事是绝对的，就是没有绝对的事。"我纠正边杰看问题的偏差。

边杰的家人见边杰屡屡失败，都忧心忡忡。可以说，边杰的命运就是他们的命运。

罗素夫去美国结婚了，听说坐奔驰去的机场。

边杰听到这个信息后一声不吭地看了我七个小时，看得我直发毛。

"我自己办个公司。"边杰在第八个小时对我说。

我肯定他的想法。

"办个什么公司？"边杰像是问自己又像问我。

"消费者需要什么你就办什么公司。"我说。

"干吗只盯着消费者？"他说。

"办公司不盯消费者盯谁？"我认定他被奔驰气傻了。

"盯着给消费者生产东西的人，也就是盯着所有公司，看看他们需要什么。"边杰的话振聋发聩。

这个角度绝了。

"服装公司需要布料。食品公司需要粮食。有没有一种所有公司都需要的东西呢？"边杰问。

"有。"我说。

"什么？"边杰呼吸的频率开始升级。

"人才。"我说，"聚才方能聚财。"

"你再说一遍！"边杰极快的心跳速度已显而易见。

"对于任何公司来说，先聚才，后聚财，水到渠成。只聚财，不聚才，竹篮打水。"我一字一句地说。

"咱们办一个经营人才的公司！"边杰喊。

"向所有公司供应人才。生意一定好！"我知道他实际上已经成功了。

"货源没问题吧？"边杰发觉管人才叫货源不合适，"人才来源不会枯竭吧？"

"不会。人才有两种，一种是有专业才能的人，一种是敬业、对企业忠诚的人。只要你的公司有了知名度，来登记的人才会把公司的电脑硬盘撑破。"我说。

边杰开始给自己的公司起名。

"边杰猎头公司怎么样？"边杰征求我的意见。

"猎头？"我没听过这个词儿。

"猎取头号人才的意思。"他解释。

"很好，有气魄。"我重复了一遍，"边杰猎头公司。"

公司的名字定了。

和罗素夫分手后，边杰第一次和家人一起看电视。家人都看出边杰呈现出濒临百万富翁的征兆。

边杰一边看电视一边对电视节目品头论足，他只在心情好时才这样。

"我敢打赌，这位新闻节目播音员离了稿子基本上不会说话。"边杰说。

没人往对立面站。

"既然是二等哑巴，换频道吧。"父亲建议。

一部电视剧取代不会说话的播音员。

"这是获奖电视剧。"妹妹说。

"一部别人不说看不出好的电视剧。"边杰又给否了，"还是盲人好，不受电视罪。"

"明眼人只有一双眼睛，盲人浑身都是眼睛。"母亲插话。

"有的明眼人一只眼睛也没有，以为自己看得很清楚，其实什么都看不见。"父亲说。

大家为父亲的话鼓掌，都想到了罗素夫。

边杰将自己决定成立边杰猎头公司的想法告诉家人。

"好！出奇制胜！做别人没做过的事。"父亲投赞成票。

人有两类。一类从事发明创造，一类靠别人的发明创造生存。

"这主意真棒！"妹妹之一说。

"你想出来的？"妹妹之二问哥哥。

"当然。不过，还有个金融专家当参谋。"边杰没有抹杀我的功劳。

"哥哥够牛的,都和金融专家来往了。"妹妹之一自豪得不行。其实她兜里少说也有五位金融专家。

"哪个公司不是一堆人,人家会到你这儿来花钱买人?"母亲疑虑。

"有人不一定有人才。人和人才可不是一回事。经商的诀窍是聚才方能聚财,用才换财。"边杰对母亲说。

"智慧是财富。"父亲指着自己的头对妻子说,"人才的脑子是财富。经商不用人才,发不了财。"

"办公司容易,找人才难。咱们这公司准能火。"边杰踌躇满志。

家人决定变卖家产筹集资金支持边杰办猎头公司。

经过三个月的浴血奋战,在相关机构的百般阻挠千般刁难万般设障下,边杰猎头公司终于拿到了营业执照。

知名度是公司的一笔财富。从这个角度说,边杰猎头公司一无所有。边杰没有钱,不可能打广告。他在经营初期只能靠有口皆碑式的个人口头广告扩张名声。

第一个来边杰猎头公司人才库登记的是一个三十多岁的男子。他对边杰说,不堪忍受单位领导对他的才能的无视。他说三十岁是一个不能再受别人摆布的年龄。

经过一个小时的交谈,边杰和我一致认为这小子有突出的管理才能,他在企业管理方面的见解独到得不得不让人想起外星人。此人足以驾驭一个大公司。哪个公司得到了他,就意味着财源滚滚。

他的另一面是性格有棱有角,直率,容易得罪人。

他办完登记手续回去听信儿。

现在还没有企业主动登门到边杰猎头公司寻找人才,边杰必须通过出击提高知名度。

边杰听说一家公司不景气，董事长自杀的心都有。

边杰决定向那家公司推荐那个管理人才。成败在此一举。

那家公司的董事长用疲惫不堪的面容接待边杰。

边杰递上名片。名片上写着"边杰猎头公司总经理"。

"猎头公司？"董事长显然没听说过，"做猎枪的？"

"差不多。不过我们的猎枪不是用来猎取动物的，是猎取人才的。敝公司专门猎取社会上的各种人才，再将这些人才提供给企业。"边杰口才不错。

"您找我干什么？"董事长问。

"您公司的失败是人才的失败。"边杰说。

董事长眼睛一亮，紧接着又暗了。

"敝公司能向贵公司提供足以使贵公司转败为胜的人才。"边杰说。

董事长摇头，他不信。

我为边杰捏了把汗。我有出师未捷身先死的感觉。

这时，一位小姐来为董事长和边杰倒茶。小姐将茶杯盖儿放在桌子边，茶杯盖儿旋转了半圈儿，掉在地上摔碎了。

董事长瞪了那小姐一眼。

边杰看了一眼摔碎的杯盖儿，眼睛里出现了绝处逢生的光。

没有想象力的人没有发展。想象力依靠触类旁通实现。你的视野里出现的任何景物都可能导致你飞黄腾达。有触类旁通本领的人，凡是能看见的，都是金子。

边杰指着地上的粉身碎骨的杯盖儿对董事长说：

"茶杯盖儿容易摔碎，为什么？因为杯盖儿上的小把手是圆的。圆把手导致杯盖儿在桌子上旋转。旋转的结果往往是身败名裂。如果将杯盖儿上的小把手做成方的，杯盖儿就不容易摔碎了。公司也一样。公司是杯盖儿，员工是杯盖儿上的小把手。一定要找有棱角有才能的员工，公司才能万无一失才能发达。"

那董事长听得如醉如痴，上下嘴唇分离露着舌头。

边杰看见舌头又触类旁通了一回。

"我向您推荐的这个人只有一个舌头。"边杰说。

"还有长两个舌头的人？"董事长吃惊。

"您的公司之所以失败就因为有两个舌头的员工太多。"边杰说。

"我只知道公司里有个六指，从来没听说哪个员工长两个舌头呀？"董事长纳闷。

"长两个舌头的人当着上司说一种话，背着上司说另一种话。他们还说话不算数。他们当面恭维人，背后议论人。对于一个公司来说，员工的脑子越多越好，舌头越少越好。凡是成功的公司，都是建筑在大脑上的；凡是失败的公司，都是建筑在舌头上的。"边杰游刃有余。

"太对了！"那董事长用噩梦醒来是早晨的表情赞同边杰的理论，"让你那位一个舌头的人才一个小时后来我的公司上班！"

"他的职务？"边杰问。

"总经理助理。"

"浪费了。"

"他应该当什么？"

"底线是总经理。"

"听你的。除了董事长的职位，随他挑。"

"让他当总经理。"

"贵公司如何收费？"董事长问。

"在您付给他的工资中，敝公司抽成35%。"边杰开价。

"如果他真的将本公司起死回生，我还会重谢你。"董事长许愿。

"这笔钱我拿定了。"边杰起身告辞。

那一个舌头的总经理上任后，该公司奇迹般地东山再起，产值像捆在长征2号捆绑式火箭上被发射了，突飞猛进。同行公司纷纷败下阵来丢盔弃甲溃不成军。

那董事长算是明白了。办公司，资金不是关键，技术不是关键，人是关键。

当被淘汰出局的公司老总们打听到是边杰猎头公司的人才砸了他们的饭碗后，那些从前腰缠万贯如今身无分文的法定代表人蜂拥到边杰猎头公司乞求人才支援。

边杰猎头公司生意兴隆，身价倍增。来登记的人才、来挑人的老板络绎不绝。

边杰猎头公司的名气越来越大，以至于电视台说倒找钱都愿意给边杰猎头公司做广告，以至于人才如果不到边杰猎头公司登记好像就不是人才了。边杰猎头公司登记表的分量已经超过了所有名牌大学的综合文凭。

边杰不断推出新业务。有人才租赁、人才培训、人才……

边杰不断扩大公司，招募员工。他的公司增加得最快的，是财务人员。边杰破天荒设七个总会计师还收不过来钱。

边杰在市中心建造了一百层的边杰猎头大厦。该大厦成为该市的标志性建筑，成为真正的人才库，成为企业的财源，成为人才的发射基地。

一家外国著名公司愿意出资十亿美元买边杰猎头公司关门，理由是边杰猎头公司的存在使他们无法占领中国市场，竞争不过中国同行。边杰不干，理由是他还要输送人才去外国施展才能。那外国公司老板当即昏厥。

经过数年的奋斗，边杰的个人资产已达九千万元人民币。

边杰的父母已搬进超豪华别墅，出入乘坐豪华轿车，光是侍候二老的家庭服务员就有五人。二老今天瑞士，明天冰岛，转着圈旅游，美国都去腻了。

不知为什么边杰仍然住在老房子里，谁劝也不搬。

每天，边杰都和我交谈。他多次说，是我使他有了今天。

一天，一个叫卢得愚的人到公司找边杰。他是边杰创办公司初期百般刁难边杰的人之一。他曾利用年审敲诈边杰，强迫边杰给他买好烟，还强迫边杰的公司不计其数地重复买同一套没有书号的法规书，还必须交现金，不收支票不开发票。

边杰多次对我说，以非法出版物形式，利用职权靠销售国家法规赚钱是对国家的亵渎。还说年审就是每年审判你一次，把没有犯罪的良民推上设在法院之外的被告席。

卢得愚是来和边杰套瓷的，想要钱。说正规点儿，叫拉赞助。

让别人知道你有钱，等于押着脖子请人家宰。

边杰现在可以不见这种人渣了。过去他不见不行，不见迈不过人生道路上的障碍；不单要见，还得赔笑脸。人混到可以不见人渣，才算真正混出来了。

边杰让秘书给了卢得愚一张支票。他没告诉我支票上的金额。反正是一个能打发坏蛋的数字。

追边杰的漂亮小姐不计其数。边杰从不动心。他还从不和我探讨这方面的话题。

我觉得罗素夫对他的伤害是深入骨髓的。只有移植骨髓才能脱胎换骨，事业有成。我还觉得他不搬家是因为罗素夫来过这座房子。

边杰现在是功成名就腰缠万贯。他的公司已不光经营人才，还涉足房地产、金融、电脑、超级市场、娱乐……

一天晚上，边杰在参加完一个宴会后对我说，他准备在四十岁时功成身退，见好就收。

我问为什么。

他说他现在的生活方式已经背离了生命的本来意义。

我说那你过去干吗拼命奋斗。

他说四十岁之前不争不行，不争没有好日子，不争白活；四十岁之后再争不行，再争过不上好日子，再争折寿。

我默然。

他的确聪明，是真聪明。

1995年9月1日下午，边杰去市儿童医院捐款。他有钱后，经常做善事，而且坚决不让媒体报道。

随同边杰去儿童医院的有秘书、保镖、财务部经理和我。

当我们办完捐款手续在院长的陪同下途经门诊大楼准备离开医院时，一个衣衫不整的妇女抱着一个三岁左右的女孩儿突然发出一声绝望的惨叫：

"救救我的孩子！我一定挣钱还你们！"

正和院长边走边交谈的边杰猛地站住了。

他迅速扭头看那妇女。他的手突然伸进衣兜攥住我。五个手指三个冰凉，两个滚烫。

我知道边杰看见谁了。

没有心脏的我，愣是感觉到心脏的狂跳。

院长和边杰的随从都发现了他的异常，都不解。

边杰朝哭喊的妇女走去。众人紧跟。

边杰走到她面前，站住了。

声泪俱下的妇女发现有人站在她跟前，她扑通一下跪倒在地：

"您行行好，借我五千元给孩子做心脏手术，就差五千呀！我做牛做马也会还……"

妇女没说完，她看清了面前这个人的相貌。

罗素夫。

边杰。

几分钟像一个世纪。

医院不存在了，随从不存在了，地球上就他们两个人。

"你的孩子？"边杰先回到现实中。

罗素夫点头。

"什么病？"边杰问。

"先天性心脏病。"罗素夫抱紧女儿。

"做手术需要多少钱？"边杰问。

"两万。还差五千。差一分医院也不给做。"罗素夫说。

院长脸红。

边杰冲财务经理做个手势。财务经理从皮包里拿出支票本递给边总。

边杰用极流畅的动作在支票上签了三万的金额和自己的名字。

边杰将那张支票撕下来递给院长：

"希望您亲自给这个孩子做手术。"

院长忙不迭点头。

边杰转身走了。前呼后拥。

罗素夫从窗口看见边杰上了一辆耀武扬威的轿车。开车门关车门都不是他自己。

"你认识边老板？"院长死攥着支票问罗素夫。

罗素夫放声大哭。

回到公司，边杰吩咐秘书一个小时内不许任何人进他的办公室。

边杰将我从他的衣兜里拿出来放在巨大的写字台上。他一声不吭坐在皮转椅里，像一尊没有生命的雕像。

我佩服边杰当时根本不问罗素夫的处境和落魄的原因，好像一切都在意料之中。

一个男人能经历的，边杰都经历了。

在这一小时中，他没和我说一句话，就死盯着我看。

一小时后，边杰吩咐秘书派人去了解罗素夫的现状。

下班前，信息到了。

罗素夫和李先生结婚后，李先生果然在广东办了合资鞋厂，由罗素夫出任总经理。工厂办起来后，李先生的资金迟迟到不了位。罗素夫对制鞋一窍不通，验收从韩国订购的设备时愣是将废旧设备当新设备接收还嫌自己在验收单上签的字不漂亮。

渐渐地，罗素夫发现夫君并不富裕。她傻了。只有她清楚，他如果没钱还有什么。他的本事她知道，那种不能让第三个人知道的苦。

合资企业一样能惨淡经营，黑牌车里照样坐债务人。更苦更惨的是说没钱人家死活不信。

向银行贷的款到期还不了，李先生在大陆练就了躲债的功夫。

三年前，罗素夫生了个女儿，女儿患有先天性心脏病。

半年前，李先生不辞而别。他知道，再不走，欠的债够蹲监狱了。

银行通过法院拍卖了鞋厂。罗素夫抱着女儿逃荒般回到娘家。罗素夫家还住原来的房子，还一贫如洗。

全家人都知道边杰的现状。电视、报纸、电台，经常有边杰的光辉业绩。罗家没一个人敢提边杰。

不认识名人也罢了，认识了而且占住了再放走，这种悔恨足以窒息地球上的全体动植物。

每当在媒体上见到边杰，罗素夫全家的感觉是自家成了一窝毫不利己专门利人的苍蝇。

罗素夫曾经看见妈妈一个人躲在屋里用大头针狠扎自己的手。

当天晚上，边杰对我说：

"明天我去见罗素夫。"

"重归于好？"我问。

"这辈子最后一次见。我想把你还给她。"边杰是在征求我的意见。

我不愿意离开他。我和他毕竟相处了十年。我知道他把我还给罗素夫的用意。把我这5元钞往她手里一塞，什么都不用说，全有了。

我同意了。

第二天上午，边杰乘车去罗素夫家。他让秘书去叫罗素夫。他不想见她的父母。他不能原谅四十岁以上的人干傻事。

罗素夫来到车旁。边杰从车里出来。

两人面对面站着。看上去罗素夫比边杰大十岁。愉快是美容霜，忧愁是催老剂。

"这5元钞还给你。"边杰将我递给罗素夫。

罗素夫显然已经把我忘得一干二净了。她总算想起来了。她看到了我身上的字。

她明白了什么。

"其实你应该感谢我。"罗素夫对边杰说。

"不。我恨你。如果让我再活一遍，我宁愿选择和你过一辈子普通人的生活。"边杰说。

"你还爱着我？"罗素夫抓住时机，准备冲上来拥抱边杰。

边杰退后一步。

"这是咱们最后一次见面。好生待那5元钞。"边杰上车。

车走了。边杰走了。

罗素夫回到家里。

"他又给你钱了？"妈妈问。

罗素夫点头。

"多少？"妈妈兴奋。

罗素夫傻笑，将我展示给她妈看。

罕见的母女同步精神失常。

是我们钱把她们母女俩弄疯的。

我们还使更多的人成为精神正常的疯子。

1元钞

币种：人民币　版别：1960年版　号码：Ⅷ Ⅰ 92975321

　　如果有下辈子，我还当钞票。

　　我喜欢当钞票。丰富的经历，意想不到的事件，不知道下一个主人是谁的神秘生活……

　　我的面值虽然小，但面值小不等于价值小，就像学历高不等于能力高。在我的主人中，有学历的傻子比没学历的傻子多。小还安全，一般不会被假钞侵扰。我记得曾经有一个阶段，我们1元钞很是紧俏，以至于售货员在出售商品前居然盘问顾客是否有零钱。零钱是我们的别称。

　　不管何等面值的钞票都受人类宠幸。

　　我在人间已经二十多年，在钞票中已属花甲之年，离退休不远了。我特别珍惜现在的每一天。珍惜是老年人的专利。年轻人不会珍惜。这也没什么错。生命的意义不是珍惜，是消耗。越是快要失去的东西，越珍惜。没有哪个年轻人觉得自己快要失去生命。生命再珍惜也会失去。

　　我曾经拥有的几位主人特惜命，他们通过服用各种保健品以达到延年益寿的美好愿望。市场上出现什么新的保健品他们就吃什么，还特相信广告。从燕窝到王八，从人参到健脑品。其实，养生之道的真谛不是吃什么，而是不吃什么。人为编造保健品是对大自然的亵渎。所有的营养都在上天赐给人类的食物里了。一个生产保健品的专家给我当过主人，他从来不让家人吃他发明的保健品。他的公司还斥巨资请一明星做广告。病从口入，祸从口出。真正致命的病从口入不是吃不干净的食物，真正倒霉的祸从口出不是说难听的话。

人也真逗，居然相信精华都在动物身上。燕子的家、王八的血、深海的鱼、狗熊的脚丫子……怎么它们就没统治地球呢？怎么它们没给人民币当主人呢？我觉得，不杀生才是长寿之路。心灵宁静才是长寿的灵丹妙药。使燕子无家可归流离失所、让甲鱼一腔热血写春秋、把鱼从深海拎出来粉身碎骨、将鹿引以为豪的美丽无比的鹿茸从鹿头上强行夺走的人能长寿？

在这个世界上，对人类了解最透彻的，是我。我接触过形形色色的人，而且他们对我都不设防，不管什么事都不避我。在钱面前，人人坦诚得可爱。下次您再干见不得人的事时，最好避开钱。话又说回来了，避开钱，见不得人的事就不多了。

我的第一个主人是犯人。犯人每个月有点儿零用钱，我是作为零用钱由狱方发给该犯人的。她是女犯，被判了六年。判刑不是被判的人的不幸，是被判的人的亲属的不幸。

她的父母来探监，我经历了那个场面。见到自己的骨肉身陷牢狱，他们的目光惨不忍睹。到后来，我弄不清是谁探谁的监。孩子在监狱里坐牢，父母在监狱外坐牢。什么叫亲人？一个坐了牢，另一个在外边比坐牢还度日如年。这就是亲人。

对亲人最大的爱，是看好自己，别惹事。除非你举目无亲或六亲不认。人不是为自己活，是为亲人活。依我看，这是人和动物的根本区别。有的人从人变成了野兽，就因为他只为自己活。

可以拿父母给的大脑挣钱，不能拿父母给的肉体挣钱。她把父母给的肉体当作了谋生工具，谋进了监狱。

我的第二位主人是个小学生，我感觉他的境况和犯人差不多。他的爸爸妈妈和老师同他说话的口气比监狱的管教人员对犯人说话严厉多了。

人们管他叫差生。其实，差生是差老师和差家长联手缔造的。

他一点儿也不笨。学不会不是学的人笨，是教的人笨。好教师用五十种方法教一个学生。差教师用一种方法教五十个学生。

他的老师就是用一种方法教五十个学生。五十个由不同父母生下来的有千差万别的学生，何况即使同父同母生的孩子也会有千差万别。

他运气不好，他的大脑沟回的布局与老师的教学方法不匹配。由于老师的原因而不是他的原因使他沦为差生。沦为优秀生的人运气也不好，一百分把童年变成了一百岁。

新陈代谢是宇宙的法则，知识也一样。在这个世界上，没用的知识比有用的知识多。教方法比教知识重要。

他上课时听不懂老师的话。真正有学问的人说的话谁都能听懂。伟人把复杂的道理弄简单，小人把简单的道理弄复杂。

老师觉得他拖了全班成绩的后腿，让他去医院开智商低的诊断书。有了这张证明，他的考试成绩就可以不算数，就可以不影响老师评职称挣奖金。

那是真正意义上的摧残。我去了。医生举着一张画有鹿的纸片让他看，问他这是什么。他说是马。他必须这么说。他不这么说他的智商会比班上任何同学都高。智商高没用，分数高才有用。尽管分数根本不代表智商。

老师眉开眼笑地把他的"白痴证书"交给了校长。

几天后，老师又生一计，她想创造一个将白痴转变为天才的奇迹。方法是考试前给他漏题。他只有按照老师绘制的蓝图行事的权利。他的考试成绩突飞猛进。

皆大欢喜。除了他。

教师在考试前给学生漏题是诈骗行为。

我的第三位主人是个作家。他每天写，很勤奋。令人不安的是他的书没有读者。书没人看，说明作者的写作才能不如读者。一本书不管从哪页看起，五分钟后还不能吸引你，请毫不犹豫地扔掉它。

他还太喜欢卖弄辞藻，爱用别人看不懂的词儿。其实，伟大作品的标准之一：小学文化程度的读者从头看到尾，不用查字典。

卖弄学识的人是智商正常的白痴。

一本好书胜过十个无聊的朋友。读书是一种社交行为，足不出户就可以和世上的智者交往。和聪明人交往受益，但上帝不可能把聪明人都调集到你身边。通过看好书能够把世界上的聪明人都集中到你身边。不看书的人很吃亏，和他人竞争时等于多跑很多圈儿。"万般皆下品，唯有读书高"在今天更是真理。

不是所有写书的人都是智者。作家群里的笨蛋比任何群体里的笨蛋都多。我的这位作家主人的偏差在于他不是为读者写书而是为自己写书。作家应该用别人从未用过的文字排列方式叙述人人能够理解的人类成员的经历和感情。他却用别人用过千万遍的文字排列方式叙述人人不能理解的人类成员的经历和感情。

动物把食物转化为粪便。人把食物转化为智慧。有的人没有把食物转化为智慧。

他在写作的时候还拼命抽烟。我讨厌吸烟。吸烟是法律允许的吸毒。卖烟是法律允许的贩毒。以人类的智慧，我估计法律很快会被修改。人类不会蠢到通过戕害一部分同胞（吸烟者）使另一部分同胞（制烟贩烟者）腰缠万贯。

人吃任何东西都得面对面，只有人吃人无须见面，千里之外就吃了。

如果按照顺序把我的所有主人都说一遍，光我这张小小的1元钞就会把这本书扩到一万页。我还是择印象最深的说吧，打乱时空，可以倒叙。

我到过中国所有的县，当然包括港澳台。我见过不计其数的钱同胞，像我这样去过所有地方的钱极少。"见多识广"这个词在字典上的注解应该改为"特指1960年版Ⅷ I 92975321号1元人民币"。

在这块土地上，我最喜欢的地方是气氛融洽的家庭，最不喜欢的地方是学校，尤其是大学。

家庭是一个美妙无比的场所，这是我最羡慕人类的地方。可惜不少人身在福中不知福，使出浑身解数断送自己的家庭。他们和配偶过不去，和子女过不去。他们在外边说话和声细语，在家里说话却怒气冲冲。依我说，不要婚外恋，一个女人或男人的不同年龄足够你受用一辈子了。

我曾经有这样一个主人，他在花甲之年和一个朋友聊天时说过的一段话我很欣赏。他说："我这辈子没白活，找过二十岁的女人，找过二十五岁的女人，找过三十岁的女人，找过四十岁的女人，找过五十岁的女人。感受的确不一样。我觉得人生太丰富多彩了。她们都是一个人，就是我太太。"他太太对朋友也说过类似的话。

他们活出了人生的真谛。

亲人之间没有是非。亲人之间的是非以不辩为解脱。

同胞同心，天下无敌。同胞不同心，两败俱伤，渔翁得利。

人应该在家里寻找幸福，家中的幸福应有尽有。真正的快乐都是免费的。

我没有亲人。我觉得血管里流一样的血一定是一种奇妙无比的感觉。可惜这世界上血管里流一样的血的仇人太多。

我到过的许多家庭并不幸福。攀比是产生烦恼的根源，比配偶，比子女，比收入，比工作，比住房，就是不比家庭关系的融洽程度。

有所得是低级快乐。无所求是高级快乐。

我的一个女主人疯狂追求名牌，先生拿不出那么多钱，她就百般贬低打击先生。其实，追求名牌不如把自己弄成名牌。再说了，她想让先生挣大钱，殊不知干非常事业往往不能过正常生活。用丧失正常生活为代价换取金钱，值吗？她的先生真的挣了大钱，她的太太位置还能像现在这样固若金汤？

普通收入是维系正常家庭的安全带。高收入是摧毁正常家庭的原子弹。

对于丈夫来说，让妻子认识比你强的男人可能是不幸的开端。对于妻子来说，逼丈夫功成名就往往是分道扬镳的前奏。

有一百多位孕妇给我当过主人。我还目睹过一位孕妇生孩子的全过程。气吞山河，壮怀激烈，惨不忍睹，荡气回肠。人类如此聪明发明了摄像机，居然没人用摄像机拍下母亲受难的过程，待孩子长大后过生日时放给他看。医院放着钱不赚，光在不应该动脑子赚钱的地方动脑子。

我想对每一位人类成员说，过生日要和妈妈在一起，不管过多少岁生日，只要她活着。如果不是这样，说明她在你心中已经死了。生日是母难日。

我的一位主人总觉得自己的家庭生活太平淡，天天都是那一套，没有电影上的家庭生活浪漫。他不知道浪漫是可以制造的。如果你的家庭生活索然无味，请你在晚餐后悄悄将保险丝弄断，意想不到的感觉会降临你家。

我想有个家。

再说说我最不喜欢的地方——学校。

上学越多不一定越聪明。

老师对学生应该进行三个方面的教育：品德教育、能力教育、知识教育。

依我看，在这三个方面的教育中，品德教育最重要，其次是能力教育，最后是知识教育。

我到过的学校，绝大多数把这三个关系弄颠倒了，标准的误人子弟，正宗的误国前途。

人身上最重要的是品德，然后是能力，再然后是知识。很多学校只看考试分数。考试考的是记忆力。人的记忆力再好也记不过电脑。很多学校是在让学生和电脑赛跑达标。电脑的职责是想别人想过的事。人脑的职责是想别人没想过的事。不少学校把人脑往电脑方向培养，弄得学生只会记忆和想别人想过的事，记忆力又远远不及电脑。

我的一位主人从小学到大学一路"高才生"，分数遥遥领先，品德摇摇欲坠。老师和家长只管分数不管品德。只要考得好，一好百好。那厮到美国留学有一次考试落在了同胞后边屈居第二，他居然开枪击毙了数名美国教授和那位超过他的同胞。

这就是颠倒三个方面教育关系的结果。

有十几个班干部给我当过主人，其中有四个是通过非正当程序得到我的，俗话叫偷。一个小学班长到同学家玩儿，顺手牵羊拿走了同学家的钱，我在其中。那小班长使我在一秒钟之内由良款变成了赃款。命运的确不可捉摸。那丢钱者考试分数在班上属疲软行列，纵使他浑身是嘴，家长和老师也不信他没偷自己家的钱。

分数和品德绝对不能画等号。认为孩子的考试分数就是品德分数的家长最终将自食恶果。

在学校中，我最不喜欢的，是大学。我的不少主人从孩子上幼儿园起就不遗余力把孩子往大学培养，孩子上了大学父母以为就可以高枕无忧了。大错特错。大学是学好的地方，也是学坏的地方。

我的一位大学生主人在1995年1月15日晚参加学校的舞会时，因另一位同学不小心碰了他一下，他竟然用水果刀捅死了对方。

精神失常的疯子不可怕，可怕的是精神正常的疯子。大学如果不注意品德教育，就成了培养精神正常的疯子的高等学府。

先做人，后做学问。只做学问不做人的结局是坐牢。只教做学问不教做人的老师不是教师是教唆犯。

除了家庭，我比较喜欢的地方是飞机场。我无数次乘坐飞机，最高纪录一天坐了十五次飞机，比1980年版TJ03903518号10元钞狂多了。

飞机是人类的翅膀。我喜欢看飞机起飞和着陆，喜欢听那种轰鸣。

我曾经在一座机场待了一个月，我的主人是一名士兵。他居然给一张1元钞当了一个月主人，可见他不富裕。他的工作是维护歼击机。我过去听说有一位学者搞了一项研究，他试图在全世界所有极成功的企业家身上找到共同点。调查结果表明，这些人只有一个共同点：都当过兵。我不知道这项调查的结果说明什么。

这是我第一次接触军人。我发现他的生活的核心是服从，服从意味着敬业。他在维护飞机时一丝不苟。我有点儿明白为什么大企业家几乎都当过兵了。敬业就是身怀绝技。敬业的人饿不死，到哪都有饭吃。

尽心做事即是成功。

每当他维护的飞机完成了飞行，他就很快活。

真正的快乐不是在娱乐时，而是在工作中。

我接触过一个亿万富翁，拿他同我接触过的穷人比较，我觉得他也快活不到哪儿去。从某种意义上说，金钱给人带来的快乐是体现在精神上而不是物质上。知道自己有很多钱是一件令人开心的事，尽管这些钱存在银行里可能一辈子见不到。我的一位主人在家里可以一天不小便，可只要一上街就满世界找厕所。在家里守着卫生间就可以不尿，身边没有卫生间恨不得每分钟都得尿。有钱了可以顿顿吃白菜心里还特坦然，没钱时顿顿吃白菜准委屈。其实白菜都是一样的，关键在于银行里那可能终生也不会取出来的存款。

我的亿万富翁主人几乎每天为他的钱操心，他的第一份遗嘱是三十二岁时立的。穷人会在三十多岁立遗嘱吗？有钱人最怕自己的钱在自己千秋万代后落到不想给的人手里。挣过多的钱是挣烦恼。

奢侈折寿。这是我从那亿万富翁的生活中悟出的道理。他有很多汽车，其中不乏世界名牌。再著名的名牌产品也会有质量问题。就像再好的人也有缺点，再坏的人也有优点。奢侈使人疲于奔命。

我如果是人，我就在思想上大手大脚，在生活上适可而止。靠奢侈体现身份，是乞丐；靠思想体现身份，是贵族。

亿万富翁有许多名表，它们包括了所有世界名牌。手表的作用如果不是珍惜时间，再名牌也没用。有一块表等于没有，有两块表等于拥有了所有手表，有三块表又等于一块表也没有了。不管什么东西，数量一多，等于没有。几乎所有的钟表在做广告时都将表针定在十点十分，为的是让自家的表针显示象征胜利的"V"形态。表的胜利不等于表的主人的胜利。每块表都有自己的时间。真正的时间不是表针显示的，是表的主人用生命显示的。

有钱是一种不幸，没钱同样是一种不幸。六年前，我碰到过一位主人，他四十多岁了还一无所成一贫如洗。他不甘心以失败者的身份度过一生。生活圈子里有比你强的人也许是不幸，他们给你造成难以解脱的压力，使你每每抬不起头。他终于在一个早晨有所醒悟，失去什么往往比获得什么更容易让人发达。他决定失去人性。

可怕就可怕在没有人性的人仍然是人。人类发明了那么多仪器，却没有发明检测人有没有人性的仪器。是疏忽吗？我觉得不是。人类离不开没有人性的人类成员，这也是一种生态平衡。有时候，最纯洁的恰恰是最不卫生的，比如吻。

他成为没有人性的人后，确实开始有钱了。确切地说，他的钱都是赃款。连我这1元钞也是作为赃款到他手中的。他四处出击坑蒙拐骗，先坑亲友，再坑亲友的亲友。窝边草吃光了，再吃不认识的人。老虎没有虎性就不吃人了。人没有人性就吃人了。

对你最危险的，往往是你的朋友。没有配件的汽车不能买，没有人性的朋友不能交。

他是以丧失人性为代价换取人民币。

人和人的关系如果变成钱和钱的关系，地球就成了一个没有生命的球银行。

我发现人类还在使地球丧失地球性。他们鼠目寸光地消耗地球的宝贵资源，这已经可以从停电次数越来越多得到证实。去年夏天，我到哪家几乎都碰上停电。家用电器再现代化，没电还不是废铁一堆？钱越多，电越少。应该强迫制造电器的厂家在投产前向发电厂捐赠发电设备。

停电给你带来的不便是有电造成的。

如果可着劲儿毁地球，在下个世纪，人类唯一能看到的绿色将是交通信号灯。

再丰富的资源也会枯竭。再干净的东西也能弄脏。

在地球上，不合理的事比合理的事多。

有些事表面看是进步，实际上是退步。

在一个冬夜，我从一个菜贩子手中到了一位中年男子手里。中年男子买了一棵白菜。我作为零钱被菜贩子找给中年男子。

他拿着白菜，冒着不太冷的寒风往家走。街上的行人差不多都是回家的。临街的房间里传出电视新闻的开始曲。

他的家挺特别，桌子比较大，桌上摆满了纸和颜料。他是一位画家，以画插图为生。

我还是头一次接触画画的。过去我一直有个疑问，既然有照相机和复印机，还要画家干什么？我觉得真正的画家不是画得像，而是画得不像。画得像不是画家，是照相机。

画家的家里好像就他自己。他在厨房洗菜。电饭锅散发出米饭被煎熬后产生的残酷的香味。案板上有一块行将就范的冻肉。

他切菜，切肉，点燃煤气，往锅里放油。整个过程娴熟中还透着几分专业。转眼间，饭做好了。

画家打开电视机，一边看电视新闻一边吃饭。长得普遍比较怪的播音员在屏幕上给画家伴宴。

他吃得不香，有点儿像例行公事。也是，吃了几十年万变不离其宗的饭，胃口再好的人也没胃口了。

后来我才知道，他有过妻子，也是画画的。五年前去了发达国家寻求发达。三年前一封来自大洋彼岸的只有二十五个字的信把他休了。他当天晚上唱了一宿的"东风吹，战鼓擂，现在世界上究竟谁怕谁"。

他的哥们儿有去那个鬼国观光的，回来对他说看见他前妻了，她嫁给了一个连指甲盖都长毛的、离庆祝百年华诞可以倒计时的老外。她乘坐的那辆汽车比较昂贵。

画家坚信如果再有抗美援朝，他准是黄继光第二。

从那以后，他最爱看电视台播放的"爱国主义教育影片回顾展"。据他了解，这类影片的绝大部分铁杆观众是他这种人。

他继续在和她共同生活过的房屋里生活，而她和别的男人一起生活去了。每到晚上，他的灵魂与肉体都受到折磨。当他意识到那个鬼国的晚上是他的国家的白天时，本以为自己将在晚上得到解脱，没想到反而连白天也过不踏实了。

时间能医治一切。渐渐地，画家不想她了。他觉得摆脱这样的女人是他的福气。即使她在国内，哪天碰上比他有钱的男人依然会弃暗投明卖国求荣，他依然逃脱不了当亡国奴的厄运。

和把钱看得比人重的人结婚是与狼共舞。

他每天为报纸和期刊画插图，用质量和信誉同报刊的编辑建立了良好的关系。他重信誉，说好哪天交稿绝不食言。他知道人身上最重要的才能是品德。他曾经发誓，将来如果有了孩子，就教他怎么做人，别的什么也不教。他纳闷，人们给孩子办这班那班，怎么就没人给孩子办做人班呢？本事再大，没有道德，还不是候补犯人？家长还不是犯人家属的第三梯队？

近来的形势有点儿不妙，报刊相继配备电脑。电脑这东西挺怪，如果主人是男性，它就是女性；如果主人是女性，它就是男性。所有拥有电脑的人几乎都有这种感觉。编辑们自然和电脑形影不离，想用电脑干更多的事，想通过电脑体现自己本没有的价值。他们终于发现电脑能让不会画画的人当画家。

每项新技术的问世，都是以无数人失业为代价的。人类成员中的高智商的大脑做的最本质的事就是砸同胞的饭碗。

他的饭碗被电脑抢走了。学文科的报刊编辑们在电脑的支持下一个个狐假虎威地成了插图画家。他们有恃无恐地在自己编辑的报刊上想怎么画就怎么画，其速度之惊人、画技之高超、想象之狂妄令苦学数十载的画家瞠目结舌。报刊编辑们不再向他约稿。

作曲家、作家、书法家、演员和服装设计师终将被电脑取代。

他恨电脑，就像恨那个夺走了他的女人的逼近 100 岁的富有的男人。他抢走了他的妻子。它抢走了他的事业。他们联手拿走了他的一切。

他开始尝试同那些尚未使用电脑、早晚要使用电脑的报刊联系，而那些刀耕火种的报刊已有合作多年的插图画家在挣最后的晚餐。

他无数次在夜晚梦见一百年前纺织机的诞生使千万农村纺织女家破人亡夫离子散。

电脑使没有才能的人获得才能，使拥有才能的人丧失才能。

电脑是上帝送给人类用于铲除智商不平等的治疗仪。

他不知道怎么继续活。他喜欢画画。他的生活中不能没有画笔和纸。而现在他的画不能给他换来钱。爱好和谋生手段不同步是悲剧。

我同情他，我希望他有钱。

在一个雪花雨水二合一的下午，画家用我买了一个火烧。这是他今天的晚餐。

卖火烧的小贩收摊后在昏暗的房间里点钱。我还看见他在第二天早上用洗完脸的水和面做火烧。我为画家的肚子担心。轻易不能将自己的肠胃交给外人。

有什么别有贪心。没什么别没良心。

我和这小贩生活了三天，他做的火烧里可以说什么都有。遗憾的是人的嘴只能品出好东西，许多坏东西人的嘴尝不出来，比如头皮屑，比如洗脚水，比如耳屎，比如痰。

他从贫困山区到这大城市谋生，站住脚后，把老婆孩子都接了来。他向往大城市的生活。他虽然现在就生活在大城市，但觉得这里的人从没拿正眼瞧过他,他好像永远也进入不了城里人的生活圈子。他来这座城市已经七年了,一次也没去过城里人的家。

他没离开农村时,不知道什么是等级。现在他每时每刻都意识到等级。他自愿到一个使自己相形见绌的地方通过打击自尊换取金钱。

他恨城里人。他要不遗余力让自己的孩子当城里人。他在做火烧时通过一些恶作剧使自己获得心理上的平衡。

这天下午,两个外国人吃他的火烧。那两个金发碧眼的家伙边吃边夸他的火烧好吃。他的嘴角闪过讥笑。

我作为零钱被他找给了外国人。这次机遇使我出了一趟国。

他们没花完身上的人民币,剩下的被他们带回了国。

这是一个位于欧洲的发达国家,富得流油。最让我惊讶的是,他们普遍小气。我的主人在饭馆请客,居然只点了两个菜!我在中国时参加过无数次宴会,宾客一个比一个盛气凌人,场面一个比一个气势磅礴。

我发现了一件怪事:国家越富越节俭,国家越穷越浪费,越节俭越富,越浪费越穷。

一个民族如果把浪费当面子,在地球上将越来越没面子。一个民族如果把节俭当面子,在地球上将越来越有面子。

我不大喜欢我的外国主人,觉得他对他的孩子不关心。我看见他和孩子在一起时心不在焉,远不如他和女人在一起时专注。他的朋友都认为他不错。这是一个别人不说看不出好的人。

他开了一家照相馆,靠艺术摄影谋生。他的生意一般,属于维持基本生存需要那类。照相是留住青春的好办法,比任何美容品都有效。

我曾经有一位八十多岁的女主人,她最爱干的事是看自己年轻时的照片。护肤霜没能留住她的花容月貌，照片留住了。

　　在我相处过的所有人中，她给我留下的印象最深。我回国后不久，从一位声名显赫的成功人士手中通过一家商店到了她手中。那著名人物也喜欢看自己童年的照片，看的时候表情奇特。原来他小时候院子里的孩子几乎都不和他玩，他们孤立他，还给他起了个外号叫"枣核"。从那时起，他就在心里开始和他们较劲，发誓要在人生的路上把他们全打败，要出人头地给他们看。他以此为动力如愿以偿了。现在他功成名就，他们却竞赛似的争先恐后往无名鼠辈群里钻。是他们造就了他。他们是使他闻名遐迩的真正功臣。

　　在童年时一定不要欺负同龄人，特别是不要聚众欺负同龄人。其结果很可能推出一个伟人。免费推出。千万不要干这种傻事。

　　她从售货员手里接过我时，我还是头一次在商店里见到年龄这么大的人。她的脸上布满了皱纹，每一条皱纹都深深镶嵌进肉里。

　　她的手很粗糙，手心上的纹路像锉，柔软不足，锋利有余。这双手拿过不少钱，我在她的手中感受到同胞的气息。

　　她步履蹒跚却又给人一步一个脚印的感觉。商场的滚动电梯坏了，顾客们皱着眉头在停滞的滚梯上步行。同样是楼梯，走固定楼梯时人不觉得委屈，走不动的滚梯却不情愿。是什么东西就得干什么事。可以胡思乱想，但不要放下手中的工作。这里边的道理，你看看在停滞的滚梯上步行的人的表情就能悟出。她经过比别人长的时间走出商场。

　　这是一个离群索居独善其身的老人。

　　她自己住。住所是一栋居民楼的一层。这楼新的时候挺不错，但住户像一群保外就医的犯人，只几年时间就把好好的楼变成了粗鄙的监狱。生了锈的铁窗铁门纵横交错。楼道的公用窗玻璃没有一块能守身如玉。晚上，楼梯漆黑一片。共同平摊电费的楼道灯像匕首，到了晚上就开始剜没有上下楼梯或刚刚上下完楼梯的住户的心。索性把灯泡拿掉，大家都摸黑，睡觉就都踏实了。楼的外观更是被恣意亵渎得面目全非，千姿百态的封闭阳台和护栏从远处看整座楼就像一个被废弃的行将腐烂的蜂窝。

她就住在这样的楼里，与保外就医的犯人们为邻。

好在她现在是一个对这个世界置若罔闻的人。她自己的世界就是她的一生，她的经历。

她的所有亲人都先她而去，她现在是孑然一身。没有人能永远在一起。

她把我带进她的家，带进一个老年人的世界。

她的家朴素而整洁，没有进行任何装修。装修的本质是花钱在自己家里安装化学武器，将各种化学致癌物质引狼入室让它们于无声处潜移默化地吞噬房主的健康。她也许精力不允许，也许经济不允许。歪打正着。

进到她家里，我的突出感觉是宁静，不闹。真正的幸福是心灵宁静。年龄和心灵的宁静往往成正比。一般来说，只有当过官的人才年龄越大心灵越不宁静。

她的卧室的墙上挂着一幅美女的照片，我几乎没见过这么美的女人。当我知道这是她年轻时的照片时，极为震惊。我实在无法将这两个形象联系起来。一边是倾国倾城，一边是不堪入目。同一条血脉，同一块骨骼，同一张皮肤，只有时间不同。时间是扼杀生命的凶手。没人能躲避这个杀手。

所有人都会老，都会难看。除非你年轻时就离开这个世界。

她做事时动作舒缓，按部就班。做一顿饭需要两个小时。没有任何事能让她着急，她无牵无挂，没有压力，现在做的一切事仿佛都是锦上添花。

她每天都要翻看自己和家人年轻时的照片。看完照片，她就去楼外的窗下晒太阳，让年轻时曾经照射过自己的阳光拷贝自己的记忆，她每天都这样回忆往事，用大脑重活一遍人生。

　　我发现老年人老的是皮肤和岁数，他们在离开人间前心绝不会老。

　　在阳光下，我能感受到她的思绪。我像看电影一样看了一遍她的人生历程。

　　她一出生就是个招人喜爱的小姑娘。她的爷爷奶奶爸爸妈妈都喜欢她，当然这和她有四个哥哥可能不无关系。她的家庭在当地比较富裕，爷爷是位有文化的绅士，还写过书。

　　他们将她送进一所女子寄宿学校读书。

　　一天下午，大哥神情紧张地来学校接她，说是爷爷病危，点名要见她。

　　爷爷的病榻前围满了家族的人。大家告诉他她来了。

　　爷爷握住她的手。她的手白嫩，爷爷的手老态龙钟。

　　爷爷送给她三句话。第一句是"学习是一生的事"。第二句是"别让没用的东西占着大脑"。第三句是"人生苦短，延长寿命的唯一方法是抛弃一切没用的东西，轻装走人生的路"。

　　她说记住了。爷爷笑着死了。

　　这三句话使她终生受益。

　　她喜欢读书。学习的诀窍是忘记书上没用的东西。

　　在上中学时，她暗恋着高年级的一个男生。每当在校园里见到他，她都有幸福感。晚上躺在床上，她幻想自己和他在一起的场景。现在回想起来，他实在没什么可取之处，可当时她就是喜欢他，喜欢得全神贯注一往情深。她班上的男生她一个也看不上，就因为他们都讨好她。

爱情都是幼稚的。

依赖外在的事物得到幸福和快乐，往往导致痛苦和失望。

她的正式婚姻不错，他是个心肠好的男人。好心肠的男人不管有钱没钱都是金子。坏心肠的男人不管有钱没钱都是刀子。不少女人宁愿找有钱的刀子也不找没钱的金子。当然有钱的金子最好，但少。

她和他从结婚起一直朝夕相处到他死，她觉得感情高于爱情。她和他在漫长的五十多年婚姻生活中都没有婚外恋。每当她从影视或文学作品中看到描写婚外恋的故事时，都特别可怜那些不得不通过婚外恋来弥补婚内恋不足的人。健全的婚内恋绝不会产生婚外恋。

在三十岁的时候，有一次她上街买东西被小偷窃走了钱包。她很生气，更多的是自责，认为被盗的主要责任是被盗的人。他不但没责怪她，反而开导她，说钱是外财，身体是内财。内财比外财重要。损失了外财，千万别再损失内财。还说丢了东西生气等于丢了五十元后又主动再扔五万元。

他是真正的金子。和这样的男人在一起会有婚外恋？

她最爱回忆的是六十年前第一次和他手碰手的情景。当她的手第一次无意中触碰到他的手时，她的心像通了电，获得电力的心脏用无与伦比的力量将她全身的血液搅得地覆天翻。后来每当看到电影电视上男女紧紧抱在一起的镜头，她就轻轻摇头。接触的面积越多，感触就越少。真正惊心动魄的感觉是一触即发。

她和他共同生活时，常梦见她和他骑着高大的骆驼行进在都市繁华的街道上。

他在事业上可以说没有成功。她希望他成功，但从不要求他。好妻子都不在事业上逼丈夫。

他在去世前悟出了在事业上未成功的原因——太注意参考成功

人士的成功经验。人生没有公式，成功的人生都是独辟蹊径。

她送走了他。她从另一个角度印证了终生相爱的好办法是分手。她和他终生相爱，他们的分手是一个人去了另一个世界。

她有一个女儿。女儿从小就显示出好强，在任何领域都不服输。在任何领域都不服输的结果就是在任何领域都输。

女儿活得累极了，上学要争第一名，觅夫要争第一名，事业要争第一名。她规劝女儿，告诉女儿这个世界上根本没有第一，但无济于事。

天才是不需要父母操心的。需要父母操心的都不是天才。

她和丈夫为女儿操心，不是为女儿不求上进操心，是为女儿太求上进操心。

这样的人终生不会幸福。

女儿果然不幸。

白发人送黑发人。

她坐在窗下晒太阳，回想自己的一生。六十年前她如果这么坐着会有很多异性看她。现在一个没有。自由属于没人注意的人。

一天上午，她用我买菜。我希望还能见到她。我忘不了她卧室里的少女玉照。无论如何，那是她。

恶友不能交。这是我跟他半个月总结出的道理。他二十岁出头，家庭不错，本来可以有一个美好的人生。在他十九岁时，结交了一个恶友，恶劣的朋友。

恶友推荐他吸毒，开始他谢绝。后来他好奇心发作，一发而不可收拾。一天没有毒品他就活不了。他先是偷家里的钱吸毒，进而发展到偷外人的钱。我看见他的胳膊上全是注射器针头留下的针眼，密密麻麻。

他爸爸是大学教授，大学教授对儿子的所作所为竟然一无所知，直到警车开到家门口。

警察向教授出示了逮捕证。教授不信儿子会犯盗窃罪。当教授和警察打开儿子的房间门时，眼前的场面令教授呆若木鸡。

儿子的毒瘾发作，显然他已断"粮"。他发疯般往外跑，警察拦住他。他开始在家里折腾，一把鼻涕一把泪。他不顾一切地将爸爸的钢笔往自己胳膊上的血管里扎，血流了一地。那是教授和妻子的综合血。

他被警察铐走了，当着爸爸妈妈的面。教授想起了在医院等待儿子出生时的情景。

是医生把儿子送到他手中的。是警察把儿子从他手中带走的。

当有人鼓动你吸毒时，如果没有立即想到手铐和亲人的眼泪，你肯定是一个笨蛋。一个医生接你来、警察送你走的愚蠢之人。

由于盗窃数额巨大，他被判了死刑。

其实，从第一次吸食海洛因起，他就已经死了。

大学教授在儿子很小的时候就开始提醒他注意安全，注意交通安全，注意人身安全，注意游泳安全。他教儿子遇到地震怎么办，遇到煤气泄漏怎么办，遇到火灾怎么办。教授唯独没教儿子遇到恶友怎么办，遇到毒品怎么办。

大学教授心想儿子还不如早就让汽车撞死。教授阶层是一个最爱面子的群体。儿子被判死刑，不如直接毙了教授。

一位被称为国脚的足球运动员给我当了一个星期主人。他的脚丫子的确是国脚，我还没见过谁的脚能和国家的荣誉联系在一起。他的脚和国家荣誉连在一起了。

上千万球迷注视着他的脚。他的脚直接关系到他们的情绪。

他进了球，他们可以喊他万岁；他失了球，他们恨不得吃了他。

他的腿伤痕累累，心也是。

他从七岁开始踢球。准确地说，踢球是踢自己。体育如果背离了健身就失去了体育本来的意义。以成千上万的运动员一事无成为代价换取几个人的登峰造极，这是体育吗？

我跟着他参加了一次比赛。观众都像疯子。可见生活太需要刺激了。

他在球迷的呐喊中千方百计把球往球门里送。商家在球场和电视转播期间大做广告，广告费一分也不给参赛的运动员。其实，这种广告费的一半应该给参赛的运动员。

他两次射门球都打在门框上。第三次他不敢射了。他眼中的球门全变成了门框。球被抢走了。

每场比赛都有人输，这是体育的哲学，也是人生的哲学。输的人多赢的人少，赢的人里边先赢后输的人多，每个项目最后的赢家只有一个。

在那场比赛中，他是被担架抬下去的。

担架是事先准备好的。只有两种场合事先准备担架：战争和运动会。

他也许再不能踢球了。他奋斗了二十年没能得到想要的东西。很多人像他一样一辈子没得到想要的东西。

什么都不想要就什么都得到了。什么都想要就什么也得不到。

离开足球运动员后，我到了一位电视节目主持人手中。她毕业于专门培养主持人的高等学府。可惜那学府什么都培养，就是不培养幽默感。她主持节目时硬着头皮幽默，观众不笑她就自己傻笑，还用右手手指的三分之一极做作地轻击握话筒的左手，以示给自己鼓掌叫好。

幽默不是耍贫嘴。幽默是智慧。

圈里人几乎都有私家车。她想尽一切方法在自己主持的节目中打广告捞钱，以使自己参加明星聚会时不再因为坐出租车而抬不起头。

她终于在月工资六百元的时候用一年时间攒够了买汽车的钱。如果导演不枪毙她为文胸和卫生巾做广告的创意，她只需十个月就可以买车。

心理承受能力差的人买汽车是花钱买烦恼。私人汽车的性质是将自己的巨额财产放在室外任凭品质不佳的人非礼。她爱生气。自打她有了汽车后受了大罪。买汽车等于花钱请许多本来根本没资格管你的人管你，请许多本来根本没权利刁难你的人刁难你，请许多本来根本不可能给你当爸爸的人给你当爸爸。

在人生的旅途中，尽量不要给管你的人增加编制。

验车，上牌照，办保险，落户，上驾校，年检，追尾，违章，修车，车身被阶级敌人毁容……所有这一切，就为了那一年加在一起也到不了二十天的在亲朋好友面前驾车炫耀。真正懂行的人看见朋友买了汽车，应该用极怜悯极同情类似追悼会上致悼词的口气宽慰对方。

她的汽车导致她至少少活五年。

观众都发现，她突然憔悴了。主持节目时心猿意马，妆也化得越来越不像话，鼻梁陡峭得像瑞士军刀。

终于，她的车丢了。她本来得到了解脱，谢天谢地只少活了一年。可她不，特生气。结果连本带利少活十年。

她和她截然不同。她在一家医院当护士，我几乎没见过她的囫囵脸，她总是戴个大口罩，眼睛很美。特别是给病人打针时，睫毛铺在眼睛上。

穿白衣的不一定是天使。有穿白衣的魔鬼。她是天使。

先后三个男友离她而去。他们要求她换工作。护士每年有三分之一的时间上夜班。他们无法忍受这三分之一的空旷。

她不干。她从小就想当护士，还最憧憬上夜班。夜深人静时，她独自一人照看几十个不得不离家外住的人，恭候他们的呼唤，为他们的生命值班。她有观音菩萨的感觉。

她对病人很好。她觉得在别人生病时对其不好是法律管不了的一级谋杀罪。

她没有汽车，没有名气，没有什么钱。她只有善良的心。其实她最富有。

照顾别人是一种福气。

同样是人，有的人是天使，有的人是魔鬼。他就是魔鬼。

我接触过几千个不同年龄的孩子，天南地北哪儿的都有。他们普遍闷得慌，除了应付考试，没什么事可干。

上海的一个十五岁女孩儿经常一个人待在家里。爸爸先有了婚外恋，妈妈发现后觉得亏大发了。于是妈妈"知耻而后勇"，奋起直追人工制造婚外恋既报复了丈夫又平衡了自己那愚昧空虚的心灵。女孩儿最怕晚上和周末。每逢这种时候，爸爸妈妈竞赛似的出去幽会，谁在家看孩子谁就觉得亏透了。

倒霉的是孩子。父母有发展婚外恋的自由，没有冷淡孩子的自由。正确的方法：父母越是发展婚外恋，越要竞争似的比着对孩子好。那种一旦投身如火如荼的婚外恋就置亲骨肉于脑后的父母压根儿就没资格生孩子。

女孩儿最羡慕电视上 SOS 村的孤儿。他们表面上没有父母，实际上有；而她表面上有，实际上没有。她才是地道的孤儿。

每当夜晚和周末，她都把家里的钟表收起来。她怕看时间。

我认为人类有必要立一条法律：孩子未满十八岁父母不准从事

婚外恋。

忙于事业的父母同样将孩子置于脑后，整日周旋于商场政坛艺界，谈笑风生纵横捭阖，可一回到家里就拉下脸审查孩子的作业，好像进入了敌对国的领土。有些所谓事业型父母美其名曰奋斗事业，其实向往沉迷社交活动，和孩子在一起觉得没意思。

我认识一个高中生，他的父母十年没和他一起过春节，而他和父母就住在一个屋檐下。

还有父母离异的，还有父母同床异梦的，还有父母联袂用分数钳制孩子的。

孩子们被分数欺压得太惨了，他们长大后，除了考试还能回忆起什么？

我的一个小主人居然因为考试分数不佳试图自杀！他才十三岁。分数比生命都重要。

依我看，孩子的分数的唯一意义是大人的面子。老师的、父母的。除此之外，没任何意义。大人为了自己的面子，不惜榨取孩子的童年。我不愿意孩子给我当主人，欲哭无泪。相当多的父母生孩子是为了和孩子过不去。

我在人间闯荡了二十多年，接触了无数人。我了解人。为了别人，人能捐钱；为了钱，人能杀人。

我已经老了，快退休了。我想送给人类一句话：别从钱身上找幸福。

我觉得人类淘汰钞票是早晚的事，电子货币迟早会全面粉墨登场。世界上再不会有任何东西像我们钞票这样在人类手中畅通无阻。这当然会有一个过程，我希望还能有一次机会。我还当钞票。

我信有这么一天。

更信善有善报恶有恶报。

1美元钞

币种：美元 版别：1988年版 号码：A96898765A

世界上能辨认各国国旗的钞票不多，他是少有的几张之一。他到过地球上几乎所有国家，见过一百多种国旗。他说过这样的话：飘在旗杆上的不叫国旗，飘在国民心中的才是国旗。他是美元，1988年版，号码A96898765A，咱们就管他叫1美元。

1美元接触过的人很多，上自国家元首，下至死囚犯。他为自己能畅通无阻地去任何国家而自豪。不过有一点1美元清楚，哪儿都能去就快哪儿都不能去了。火车到了终点站后必然要往回走。快车早往回走，慢车晚往回走。他去过西班牙和葡萄牙，难以相信这两个国家曾当过世界霸主。它们当完了轮到英国，英国走到终点后才轮到美国。美国正开足马力驶向终点站。1美元觉得自己的国家有点儿傻。要想辉煌的时间长，就当慢车。

不管干什么都是这个道理。

神童长大后有出息的特少。考一百分的学生长大后未必比考七十分的同学有出息。

1美元不是很喜欢这个五花八门的世界，他用两个字概括这个世界：残酷。

人类通过和同类竞争求生存，我想活得比你好就得打败你。人有两次竞争机会。第一次是在妈妈的肚子里，数亿个精子竞争一个卵子，争夺生命权。第二次竞争是出生后和数十亿同类争夺生存权。第一次竞争比第二次竞争重要，没有生命根本谈不上生存。从这个意义上说，人类的每个成员都是成功者，都应该为自己自豪，都应该沾沾自喜。在暗无天日的地方一举击败数亿个对手而捷足先登与唯一的卵子会师是何等伟大的壮举！

1美元认定人类的每一个成员都是成功者。可惜人类不这么看。他们重视的是第二次竞争，重视光天化日下的竞争。

怀特是1美元的第一个主人。怀特住在纽约，四十多岁，家庭成员有太太和两个孩子。怀特在一家公司当普通职员。全家住在分期付款购买的房子里，有两辆汽车。

1美元是从自动取款机里到怀特手中的，怀特把1美元和其他钞票放进钱夹。

"第一次吧？"紧挨着1美元的一张10美元钞问1美元。

"是的。"1美元说。

"你的运气不错，第一个主人不富。"10美元钞说。

"什么意思？"1美元不懂。

"一般来说，收入越高，越觉得活得不如别人好。钱多的人烦心事也多。我不喜欢让情绪不好的人给我当主人。这人不富。"10美元钞说。

怀特回家后先看孩子。他的两个孩子都上小学。他们在各自的房间里玩。孩子们对爸爸直呼其名，极其亲热。1美元钞后来到过许多国家，觉得美国的孩子上学比较轻松，没什么压力。

怀特的妻子在收拾房间。

"这个纸箱子还要留着吗？"太太指着一个旧纸箱问怀特。

"这是母亲的遗物，我没打开过。"怀特边说边打开纸箱。

纸箱里是一些信件。怀特翻看。

"这是什么？"妻子拿起一张付款单。

怀特从妻子手中接过付款单，仔细看。

"天哪，这是妈妈生我时向医院付款的账单！"怀特惊叫道。

"她好像欠医院钱。"妻子说。

怀特看了一遍付款单。上面注明接生费用是四十美元，而怀特的妈妈只能付得起三十五美元。妈妈欠医院五美元。

后来，妈妈大概忘了这件事。

"我应该去医院还这五美元。"怀特对妻子说。

"那家医院离这儿有七百千米。你把钱寄去也行。"妻子说。

"我要亲自去。妈妈生我欠的钱，应该由我亲自去还。"怀特拿着账单表情挺神圣。

"我和你一起去。"妻子说。

"带上孩子。"怀特说，"明天出发。"

当怀特在餐桌旁将这个决定告诉孩子们时，孩子们感到非常有意思。

"你生我们时欠医院钱了吗？"大孩子问妈妈。

"一分没欠。"妈妈说。

"真遗憾。"两个孩子异口同声。

"找五美元新钞。"怀特建议。

1美元被选中了，和另外四位同胞一起成为怀特还医院的五美元。

第二天，怀特驾车和全家上路了，去千里之外的那家医院还钱。

1美元头一次乘汽车旅行，觉得坐怀特开的汽车是一种享受。怀特驾车专注，判断准确。

医院听怀特说明来意后，很是感动。院长为接受怀特替母亲还在四十多年前生他而欠医院的 5 美元举行了仪式，整个医院的工作人员都参加了仪式。1 美元看到不少医生护士眼睛都湿了。

1 美元被留在了医院。

一个星期后，1 美元见到了一位大人物。世界拳王。不是在拳王的家里，是在监狱。拳王犯了法。

同胞告诉 1 美元，这拳王过去打一次人（拳击比赛）能挣上千万美元。

1 美元待在拳王身上没什么特殊的感觉，他不明白为什么有人在第二次竞争中能获胜有人没能获胜。

惹事不是勇敢。

这是 1 美元从监狱里的拳王身上悟出的道理。

1 美元后来见过无数名人。乔丹、马拉多纳、施瓦辛格……他们都给他当过主人。1 美元想送给所有名人一句话：记住恩人，忘掉仇人。

1 美元认识的第一个中国人叫谢京生，中国留学生。1 美元跟了他一个月。与其说谢京生是来美国留学的，不如说他是来美国卖苦力的。

谢京生和另外几个中国留学生合住在一个地下室里，他们必须靠打工挣学费。

他们干的活儿都是最脏最累最没人干的。

1 美元发现不管什么地方的人，只要手里有几个钱了，就不愿意干糙活了，而生活最离不开的恰恰是糙活，比如建筑房子，比如清扫垃圾。富裕地方的糙活谁干呢？穷地方的人来干。

谢京生即是如此。

1 美元很同情他。谢京生每天要在一家中餐馆刷十四个小时盘子，还要再为一家快餐厅送外卖。

1美元见过谢京生给在中国的父母写的一封信。1美元欲哭无泪。信全文如下：

爸爸妈妈：

  美国很富，给人的感觉遍地都是钱。我现在住在一座公寓里，大约有两百多平方米，二十四小时热水供应。

  厨具极现代化，就像外国电影上的一样。儿子已经买了汽车，是本田牌。我想在明年接你们来美国看看。

  那时，儿子会有别墅了。

  许多中国留学生在这里很苦，我认识的一个上海人每天要打十几个小时的工，手都被水泡烂了。我是幸运的，他们都很羡慕我。

儿子京生

1美元看见谢京生在去中餐馆刷盘子的路上给父母发走了信。拿信的手被刷盘子的水泡肿了。

谢京生最大的苦恼是抬不起头。不管在什么场合，只要周围有金发碧眼人高马大的美国人，他就觉得自己像一只耗子，自惭形秽无地自容。

1美元后来去过中国。他有两个问题始终没搞明白。一个是来美国打工的中国人在国内均属中上阶层，他们为什么要抛弃自己的优异阶级到美国当下下阶层？另一个是中国的大人为什么那么看重孩子的考试分数？为什么给孩子留那么多家庭作业？考试分数除了说明记忆力好还能说明什么？在电脑横行的时代记忆力好有什么用？

1美元离开谢京生后,到了一个美国小商人约翰手里。

约翰原在一家著名的大公司工作,薪水丰厚。半年前,他突然辞职,到一家只有十个人的小公司任职。家人和朋友都以为他疯了。

约翰却为自己的选择扬扬得意。他认为大公司动作缓慢,人浮于事,不能灵活适应市场,正一步步走向灭亡。而且,大公司为摆脱困境,纷纷改组,大量裁员。据约翰了解,在大公司工作的人有三分之一曾被解雇过。小公司刚起步,有开拓精神,能极快地适应市场变化。

约翰喜欢和中国人做生意。1美元发现他是一个不道德的商人。约翰认为赚中国人的钱难,骗中国人的钱容易。

约翰在总统竞选时为两个候选人各捐了一千美元,以此为代价分别同两位总统候选人合影。

1美元目睹了一次约翰和中国人做生意的场面。

那是一个冬天,1美元随约翰乘飞机到中国。这是1美元第一次到中国。最让1美元吃惊的是中国人对约翰的恭敬。在美国,没人拿正眼瞧约翰。

迎接约翰的中国人见到约翰时表现出极大的尊敬,他们为约翰准备了豪华轿车。1美元知道,这是约翰头一次乘坐豪华轿车。

接风宴会之奢华让1美元觉得自己像最落后的国家的钞票。

"我除了担任本公司的总裁,还是总统的经济顾问。"约翰从包里拿出他和当选总统的合影给中国人看。

中国人传看,一双双眼睛轮流发光。

"约翰总裁经常去白宫和总统共进晚餐。总统的猫是约翰总裁的猫的前妻。"陪同约翰来中国的助手添油加醋。

中国人对约翰更加肃然起敬。

"总统逃避服兵役的事是约翰总裁给遮掩过去的。约翰总裁的儿子就不想当兵。只有约翰总裁有办法。"助手海吹。

"不是伟人的所有东西你都能学。有的事伟人干可以，你干不行。这正是伟人和普通人的区别。"约翰在中国说话和在自己的祖国说话判若两人，极自信。

中国人洗耳恭听。

"约翰总裁经营有方。您的秘诀是什么？"一位中国人卑躬地问约翰。

"创造别人需要的东西。你创造的东西需要的人越多，你就越成功。"约翰边吃边说。

约翰在中国待了三天，骗走了两百万美元。

约翰把1美元留在了中国，1美元是约翰这次中国之行的唯一开销。约翰用1美元外加他同总统的合影换了两百万美元。

1美元这次在中国旅行了五个月。他接触了几位中国商人。他觉得中国人比美国人有人情味。他还觉得中国有三句话用在做生意上最伟大，可惜中国人不用。这三句话是：亲兄弟明算账，先小人后君子，丑话说在前面。

1美元从中国去了日本，是随一位来中国旅游的日本妇女去东京的。这日本女人名叫沙托，是一家公司的职员。

1美元发现沙托喜欢打电话，而且她打电话的方式很奇怪。她总是漫骂对方或不吭声。

她每天都会打五十多次这样的电话。

1美元觉得这个世界的事真是千奇百怪，没有人做不出来的事。

一天晚上，沙托泡在浴缸里洗澡。有人敲门。

沙托冲净身上的浴液开门。

门口站着四名警察。

"你叫沙托？"一名女警察问。

沙托点头。

"你被拘留了。"女警察出示逮捕证。

"为什么？"沙托问。

"用电话骚扰他人。"女警察说。

沙托低下头。她被警察铐走了。她在八年内给一位同龄女邻居打了十五万次骚扰电话，平均每天五十一次。原因是嫉妒女邻居的幸福生活。

真正受嫉妒折磨的，是自己。

1美元从日本去了韩国，这是一次历险。他在一家大商厦时，商厦倒塌了。1美元被压在里边。在经历了长达七十八天的禁锢后，1美元才重见天日。

1美元认定没有建筑法在盖房子时就必然偷工减料和行贿。应该先立法，后盖房子。否则会一栋接一栋倒。

盖房子时偷工减料和行贿受贿是活埋人。

1美元被人从废墟里救出来时已奄奄一息。他被送进韩国银行。在银行里，1美元见到不少国家的货币。大家聚在一起聊天像开联合国大会。

"你从美国跑到这儿来挨砸，死里逃生。"一张日元对1美元说。

"见世面呗。"1美元心有余悸还挺幽默。

"你们至今不反省侵略。"一张韩币大概不喜欢日元说她的国家坏话，转移话题。

"瞧人家德国，认错多干脆。"英镑指指身边的马克说。

"还没等我们认错，那些被侵略的国家就争先恐后地声明不要战争赔款。我们当然以为侵略就白侵略了。"日元胡搅蛮缠。

"你去过的地方多，你最喜欢哪个国家？"港币问1美元。

"中国。"1美元说。

大家对美元喜欢中国表示惊讶。

"为什么？"众钞票问。

"我喜欢刚起步的国家，不喜欢快到终点站的国家。"1美元说。

"有道理。"英镑深有体会地叹了口气。

"你最喜欢做什么生意？"法郎问1美元。

"书。"1美元回答。

"最不喜欢做什么生意？"法郎又问。

"军火。"1美元说。

"没错，我跟过一个军火商，那小子天天盼打仗，哪儿一打仗他就喝酒。"英镑说，"然后就大批往那儿发货。"

"我跟过世界上最大的军火商。"1美元说，"他有办法让没打仗的地方打起来，让打起来的地方停不了。他现在最大的希望是把他的枪变成一次性的，像子弹那样。"

"这世界上也真有笨人，那么容易就上当，成为军火的消费者。当什么产品的消费者也不能当军火的消费者。"半天没吭气的日元插话。

大家知道为什么总有地方的战火难以平息了。战争造就了军火商，军火商筹办战争。

"上帝挺幽默，想花钱的人没钱，有钱了就不想花了。"港币换了一个轻松的话题。

"为什么有的国家富，有的国家穷？为什么有的人富，有的人穷？"卢布给大家提了个问题。

"运气。"1美元说。

没人反对。

开保险柜的声音。大家知道就要分手了，大会即将结束。

"系好安全带，为度过动荡时期做准备。"不知哪张钞票说了这么一句临别赠言。

1美元从韩国到了南非。他目睹了曼德拉在群众集会上的讲演。昔日的囚犯成了今天的总统。有的人因为蹲监狱而当总统，有的人因为当总统而蹲监狱。先当囚犯后当总统比先当总统后当囚犯好。

有的国家搞种族歧视，有的国家搞分数歧视，有的国家搞国籍歧视。没有一个国家不存在歧视。最可怕的歧视是分数歧视，因为它的矛头是对准孩子的。歧视的矛头对准孩子就是对准国家的未来，没有比歧视国家的未来更不堪设想的事了。

1美元由南非到了英国。他在英国的第一个主人是一位叫戴维斯的大学生。

戴维斯在萨里大学读二年级，他住校。

期末考试临近，戴维斯认为自己过不了考试这一关，他开始动脑子。

这天，1美元随戴维斯驾车去伦敦。戴维斯听说伦敦有一家名为间谍大师的商店，他慕名而去。

坐戴维斯开的车比较刺激，速度极快。

间谍大师名不虚传，各种间谍仪器应有尽有。

戴维斯看中了一支内藏微型无线电发射机的钢笔，该钢笔配有无线耳机。

"这钢笔多少钱？"戴维斯问店员。

"两千英镑。"店员说。

戴维斯毫不犹豫地买下间谍钢笔。

考试那天，1美元在戴维斯身上。他目睹了戴维斯作弊的全过程。天衣无缝。

戴维斯使用的间谍钢笔将所有考题准确无误地发射给埋伏在考场外边汽车上的高才生哥们儿，哥们儿将答案通过耳机传输给戴维斯。

考试如果不改革，将造就一批考试作弊商。1美元预言。

据说，一些电子产品厂家已经瞄准考试作弊仪器。

"考试作弊仪器将大有市场。"1美元想。"如果能在高考前买到考卷，前提是行为绝对不会败露，哪个家长不给孩子买？"

文凭实际上不是获得知识的凭证而是获得饭碗的凭证。

1美元在英国逗留了六十七天，在一个月光皎洁的晚上随一位贵夫人乘船返回美国。

这是一艘豪华客轮。贵夫人的旅行纯属消磨时间。她住在头等舱。房间里就差网球场了。

贵夫人在酒吧品酒，在甲板上赏月，在舞厅跳舞，在餐厅吃夜宵，悠然自得，宛若神仙。

1美元发现她很会享受。

1美元想知道她的身份，想知道她的钱是怎么来的，想知道她为什么一个人旅行。遗憾的是，她将1美元作为小费给了酒吧的服务生。

1美元在美利坚登陆后当晚下榻白宫，和总统住一个房间。不管怎么说，能为总统服务的1美元面值钞票不多。

总统入睡后，1美元和总统卧室的床头灯开聊。

"我不是一般的床头灯。"床头灯对1美元说。

"你是什么？"1美元问。

"我是古董。上世纪的东西。"

"你给几位总统伴过驾？"

"七位。"

"不简单。"

"其实应该算十四位。"

"怎么讲?"

"总统都是两个人。"

"为什么?"

"当了国家元首,必须有两副面孔。一副面孔给公众看,另一副自己用。总统说白了是演员。"

"……"

"你怎么知道?"

"我是总统的床头灯,我不知道谁知道?"

总统翻了个身,说了几句谁也听不懂的梦话。

1美元和床头灯聊了一个通宵,知道了白宫的许多秘闻,还知道了政治家的本质是什么。

清晨的枪声惊醒了总统。数名端着枪的保镖冲进总统的卧室保卫总统的安全。

"怎么回事?"总统问保镖头儿。

"有人向白宫开枪。"保镖头儿汇报,"请总统暂时回避。"

总统在保镖们的簇拥下离开卧室。

"当了总统,就成了众矢之的。"床头灯说。

1美元上午离开了白宫,第一夫人把他花了。

1美元接触过很多街头流浪汉,也和不少亿万富翁打过交道。大多数富翁乐善好施,为慈善事业捐款赠物。1美元多次作为捐款的一员离开富翁。1美元得知,1993年,美国各种捐款达1260亿美元。

大多数富翁捐款都要求留名,比如把自己的名字镌刻在用捐款建造的建筑物上。给1美元印象最深的是一个名叫克鲁格的亿万富翁,他捐款从不要求受捐机构在建筑物上刻他的名字。克鲁格说,一百年以后,大楼将不复存在,在楼上刻名字毫无意义。

1美元喜欢做善事不留名的人。

1美元不管到谁家,爱干的事是看电视,特别爱看警匪片。有一次,1美元到了好莱坞,正赶上拍警匪片。导演让1美元当道具,被一个歹徒抢劫。

歹徒没演好,导演说他演得还不如1美元。

那场戏拍了十八遍,导演才放行。1美元被那歹徒都抢疼了。1美元这才知道拍电影是一件极辛苦的事,看电影是一件很开心的事。

拍完电影,1美元终于经历了一次真正的警匪场面。

1美元被一个演员从好莱坞带到了美国南方佛罗里达州的海滨城市迈阿密,这里远离喧嚣,空气清新,风景宜人。

1美元在迈阿密的新主人是个六十多岁的男人,他的头发稀少,蓄着八字胡,太太管他叫鲁道夫。

鲁道夫和太太住在一座豪华海边公寓的1414房间。他们几乎不和任何人来往。他们的生活很有规律,每天按时游泳按时散步。和他们接触的唯一一个人叫波莱蒂,男性。

1美元并没有特别注意鲁道夫。他见过的形形色色的人太多了。

直到那天上午,1美元才知道鲁道夫不是寻常人。

那天,波莱蒂租来一辆小轿车,同鲁道夫上街买水果和酒。1美元在鲁道夫的钱夹里。

当时是五月,不是旅游旺季,迈阿密的路上车不多。波莱蒂驾车,鲁道夫坐在后座。

"我先去银行取点儿现金。"波莱蒂说。

"去吧,我在车上等你。"鲁道夫说。

汽车停在一家银行门口。波莱蒂下车进了银行。

鲁道夫在车上等。一切都是那么平静。

出事之前往往都特平静。

突然,从地底下冒出几个彪形大汉,将汽车团团围住。每个人手里都拿着枪。

车门被他们打开了，枪口指着鲁道夫。

"联邦调查局的。"一个大汉对鲁道夫说，"你是施奈德吗？"

"是。"鲁道夫承认自己是施奈德。

1美元惊讶，鲁道夫原来是假名。

一名警察给施奈德戴上了手铐。施奈德没有任何反抗。

波莱蒂一出银行也被铐上了。随后在公寓被逮捕的是施奈德的太太。

1美元对施奈德充满了好奇。在警察局里，他终于弄清了施奈德被捕的来龙去脉。是跟了施奈德一个月的一张马克告诉1美元的。

施奈德是德国最大的房地产商，亿万富翁。他同时又是德国最大的诈骗案的策划者，被德国警方通缉了十三个月的逃犯。

不属于自己的钱绝对不能要。施奈德要了，进了监狱。世界上每天都有人因为要了不该要的钱而住进监狱，一住就是数年数十年甚至终生，还有人干脆为了不该要的钱献出宝贵的生命。

施奈德本是德国的一个泥瓦匠，后来上大学攻读经济，获得了经济学博士头衔。二十世纪八十年代初期，他白手起家开始经营房地产，生意越做越大。他预见到德国统一后经济会大幅度增长，大城市房地产的价格将因此与日俱增。于是，他大规模收购德国大城市的房地产项目，钱不够就向银行贷款。不知为什么，银行非常相信施奈德。有四十五家银行借了数十亿马克给施奈德。

世界上有不少亿万富翁是贷款亿万富翁。

后来德国经济衰退，房价大跌。施奈德便靠伪造单据虚报价格骗取银行的信任。

当施奈德知道自己欠的债已达五十亿马克时，携巨款逃跑了。

四十五家银行的董事长差点儿集体自尽。与施奈德合作的建筑公司和材料供应商叫天天不应叫地地不灵。

　　1美元想起施奈德在1414房间鸟瞰大西洋的情景。他发现施奈德看海的表情很特别。

　　海再大也有边，人的欲望没边，欲望有边的人有幸福，欲望没边的人没幸福。

　　亿万富翁施奈德将在监狱里度过余生。那儿看不到海。

　　他如果老老实实当泥瓦匠，会知道监狱的门朝哪儿开吗？也许更早知道。

　　有的人天生就属于监狱。

　　1美元作为施奈德的赃物在联邦调查局一住就是四个月。他发现来这儿的人大都为了钱。

　　一定要在钱上把握住自己。这是1美元在联邦调查局待了四个月后想对所有人说的话。

　　一位警长给1美元当了两天主人。这位警长的所作所为让1美元大开眼界。该警长属于警匪一家那类。

　　该警长几乎和他的辖区内的所有坏人勾结在一起，为他们提供作案机会，为他们作案保驾护航。坏人则从赃款里给警长提成。

　　警察如果想创收，是坏蛋的福音。

　　1美元清楚这警长进监狱是早晚的事。

　　有数十位律师先后给1美元当过主人，还有医生，还有教师。他们的薪水普遍高，生活优裕。1美元发现选择职业很重要。职业最好是自己的爱好。如果不能统一，就应该预见到所选的职业在30年内不会疲软。

　　人生第二次竞争的关键是选择职业。第一次竞争的关键是抄近路。

　　里迪克算是个小小的成功者，收入颇丰，有美满的家庭，有健康聪明的孩子，按说应该心满意足。遗憾的是里迪克爱生气。生气是拿别人的错误惩罚自己。里迪克最擅长拿别人的错误惩罚自己。

1美元和里迪克相处了一个星期，里迪克生了十二次气。

一天，妻子让里迪克看一张报纸。那报纸上说，一位心理医生医术高明，几句话就能解除人的心理误区。妻子动员里迪克去试试。

里迪克按图索骥找到那心理医生的诊所。

心理医生听完里迪克的自述，只说了两句话：

"你不能和比你笨的人生气，只能和比你强的人生气。"

从此，里迪克几乎再没生过气。

1美元有一次在英国和一个著名的未来学家度过了一个月的愉快时光。1美元不明白未来学家干吗用图钉把自己钉在墙上。

未来学家叫克伦，他的预言实现率比较高。克伦认为人类在预测未来时太保守。

"我的电子表的功能比1970年的大型计算机的功能还强。"这是克伦爱挂在嘴上的话。

克伦预言在五十年内人脑将同计算机直接相连。他还预测到2025年科学家将能在计算机芯片上培养神经细胞，从而完成将计算机芯片植入人脑的工作。

在这块植入人脑的小小芯片上，能存储全人类的所有知识所有语言所有精神财富。婴儿出生后的第一件事将是给他们的大脑种植芯片。他们听爷爷描述地球上曾经有学校时脸上会露出最惊讶和恐惧的表情。

1美元对克伦的预言坚信不疑。现在的人看一百年前的人的生活有多落后，一百年后的人看今天的人的生活就有多落后。

在物质生活上，出生越晚的人越享福。

克伦终于把1美元从墙上摘下来了。1美元带着被图钉穿透的身体离开了克伦。他想起了能往人脑里安装的计算机芯片。

几个小时后，1美元出现在一家规模小得不能再小的玻璃店里。玻璃店的店主成了他的新主人。店主名叫戈第纳，三十三岁，单身。有三次失败的婚姻记录。

戈第纳虽然不富，但生活还算悠然自得。他自食其力，靠劳动生存。经营玻璃的人品质不一定透明，戈第纳算不错的。

除了喝点儿酒，戈第纳唯一的爱好是买彩票。他想碰运气，想不费吹灰之力在一夜之间成为百万富翁。他用蛇欲吞虎的气势买过不计其数的彩票，遗憾的是幸运之神从未光顾过他。

1美元发现人类的很多成员都想不费力就发大财。

这天晚上，戈第纳独自一人在家小酌。明天是为期七个月的英伦六合大博彩开奖的日子，戈第纳一边喝酒一边掷硬币判断自己的运气。

戈第纳的第三任妻子吉姆带走了他两岁的女儿，戈第纳很想女儿，可吉姆总是想方设法阻挠他见女儿。

戈第纳想和女儿在电话里说几句话。

他拨电话。

"吉姆，我想和女儿说说话。"戈第纳对着话筒说。

"她不在。"吉姆的声音从听筒里传出来挺清楚。

"就说一句。"戈第纳恳求。

"求你别再往这儿打电话了，我不想听到你的声音。"

对方挂了电话。

1美元看出，戈第纳很痛苦。1美元知道亲骨肉的含义。吉姆是因为戈第纳挣不着大钱离他而去的。

"挣不着钱的男人只能算半个男人。"这是吉姆走时甩给戈第纳的最后一句话。

这句话刺痛了戈第纳，此后他整整一个星期没说一句话。

第二天上午，戈第纳的玻璃店开门营业。他打开电视机，一边卖玻璃一边看开奖仪式。

这是特大奖，中奖者将得到1100万英镑的巨额奖金。几乎英国所有的著名公证人都到场监督摇号。

戈第纳早已把自己彩票上的六位数号码倒背如流。有一次，他甚至将这个数字误当作自己的生日。

电视屏幕上的开奖场面豪华恢宏，美女如云。透明摇号机神秘莫测，掌握着无数人的命运。

公证人不厌其烦地检查摇号机的诚实度。

1美元看见戈第纳眼睛发直。有顾客想买玻璃竟遭拒绝。

终于，主持人宣布摇奖开始。

两个几乎什么都不穿、全身的纺织物加在一起也不到两寸的美女摇奖。一个摇，一个等从摇奖机里掉出来的骰子。

第一个骰子滚出来了。

美女在公证人虎视眈眈的监视下读第一个号码。

戈第纳一声大喊。这个号码与他的彩票的第一个号码雷同。

一个顾客手中的玻璃碎了。戈第纳忙向人家道歉。

美女继续摇第二个号。

第二个中奖号码和戈第纳的第二个号码是双胞胎。

戈第纳自己摔了一块玻璃。

美女的玉臂缓缓搅动骰子。

第三个号码问世了。1美元开始时以为戈第纳被淘汰出局了，看见戈第纳全身上下没有任何地方发出声响。但1美元马上知道自己判断错误。他听见了戈第纳的心跳声。

第三个号码和戈第纳的第三个号码同父同母。

还剩三个号。真正的拼杀开始了。

美女的朱唇不得不念出对绝大多数人来说是残酷的第四个数字。

戈第纳一屁股坐在地上。

第四个数字同他的第四个数字是一丘之貉。

1美元不知不觉中和戈第纳同呼吸共命运了。他甚至比戈第纳还紧张。

当第五个号码再次青睐戈第纳时,戈第纳反倒平静了。

第六个号码摇的时间最长,起码一天一夜。其实实际时间同前五次一样。

1美元为戈第纳祈祷。他知道前功尽弃是人类多数成员的命运。不管干什么事。

第六个号码义无反顾地委身于戈第纳。

地球上少了一个小店主,多了一个千万富翁。

戈第纳手足无措,说的唯一一句话是"劳斯莱斯"——世界上最昂贵的汽车品牌。

1美元随戈第纳去兑奖。

记者像苍蝇一样围着戈第纳嗡嗡转。无数问题极尽骚扰戈第纳之能事。

第二天,戈第纳成了各种报纸上的花边人物。一家报纸以这样的标题报道戈第纳:《感情骗子获大奖,上帝偏爱坏蛋?》

写这篇文章的记者昨天和戈第纳谈得最投机,戈第纳把自己的三次婚姻都和盘端给了那小子。

另一家报纸把戈第纳描绘成酒鬼,甚至说他能用酒划玻璃。

戈第纳的照片被登在所有报刊上。电视节目一天二十四小时有二十三小时播戈第纳。他有一次出门忘了戴墨镜差点儿让路人扒光了衣服，人们狂喊"有财大家分"。

吉姆委托律师到法院起诉戈第纳，告他曾经残酷虐待她，还把她和女儿赶出家门。吉姆要求五百五十万英镑的赔偿。说白了就是平分奖金。

戈第纳有个继母，此人以往对戈第纳极坏。现在戈第纳的头上还有被她痛打时留下的伤疤。继母得知戈第纳中奖后，向外界发表声明，要求戈第纳付给她抚养费，数额也是五百五十万英镑。

找上门要求戈第纳赞助的各类人各类机构更是络绎不绝层出不穷花样百出死缠硬磨，弄得戈第纳听见电话铃声或敲门声腿和手就瞬间丧失功能。

戈第纳走投无路，最后决定效法上一届获奖者穆哈迪，离家出走，改名换姓，重新做人。

地球上少了一个悠然自得的人，多了一个烦恼丛生的人。

1美元离开戈第纳时，他已抛弃了自己使用了三十三年的原装名字，改名为史密斯，隐居他乡。

据悉，吉姆和继母开价十万英镑雇私人侦探寻找戈第纳。搜索范围第一步是英伦三岛，第二步是欧罗巴洲，第三步是地球，第四步是太阳系。

在即使自己一分一分挣的钱挣到一定程度后大家也要分一把的人世间，博彩发财被大家惦记更是责无旁贷。

1美元估计史密斯今生今世凶多吉少。

1美元从英国直接去了越南，在越南和一个小姐相处了几天，那小姐喜欢美元。她爸爸是个不小的干部，一位老资格的党员，和女儿一样喜欢美元。

1美元随同法国的一位商人离开越南，到了巴黎。

卡里尼翁是1美元在巴黎的第九任主人。他身居高位，职务是法国通讯部长。

1美元随卡里尼翁参加过政府会议。卡里尼翁举止文雅,风度翩翩,谈吐不俗。

遗憾的是,几天后,卡里尼翁以受贿罪锒铛入狱。他给了某人一项私有化合同,因此得到了2100万法郎的贿赂。

权力变金钱的结局必然是官员变囚犯。

1美元跟一位法国大学生去了一趟巴黎的一家艺术展览馆,该展览馆正举行一场名为"桌布游戏"的展览。

在1944年到1952年间,一群艺术家和诗人常聚集在塞纳河左岸一家名叫加泰隆的小餐馆用餐,毕加索也在其中。

画家们在用餐期间,常常即兴用烟灰、酱油、口红、芥末、番茄酱在餐桌布上作画。一位叫于涅的有心人将这些餐桌布收藏起来,共一百七十九幅,其中有七幅出自毕加索之手。

现在,这些餐桌布成了价值连城的稀世珍宝。

1美元觉得丢失毁弃的名人珍品肯定比保留下来的多。因为没有眼光的人比有眼光的人多。毕加索的妈妈为什么没有保留毕加索平生画的第一张画?牛顿上小学一年级时的成绩册在哪儿?他爸爸怎么就那么鼠目寸光,认定自己的孩子不是牛顿?

1美元想建议天下的父母保留一点儿孩子童年时的手迹。如果孩子将来没成,在他结婚时送给他不失为一件好礼物。孩子将来一旦成了,就吃它了。

1美元在哥伦比亚见过毒枭,在意大利和黑手党党魁共进过早餐,在俄罗斯同大亨打过网球,在智利和政府要员共度周末。1美元接触过基督教徒,接触过伊斯兰教徒,接触过佛教徒。他去过的地方太多了,见过的人也太多了。

大千世界,芸芸众生,不管你干什么,不管你怎么干,不管你干得怎么样，上天对所有人一视同仁：殊途同归。

1美元在埃及开罗被一个中国外交官带到了中国，这是他第五次到中国。

他没想到，中国竟成了他的归宿。

1美元在中国的这个主人可能是他最后的主人。这个主人是亿万富翁，财产目前排名世界第一。他得以发财的武器是奔腾验钞机。

1美元和其他几张人民币依次进入奔腾验钞机，他们的经历通过奔腾验钞机一览无余。1美元清楚，他的身价在进入奔腾验钞机之前是1美元，从奔腾验钞机出来后最少是十万美元。他知道自己的身份将不再是钞票而是收藏珍品，他身上的1988年版A96898765A号码使他身价陡增。

暂时不能再和人类其他成员来往了，1美元既不高兴也不失望。因为他对人类的爱恨正好各占50%。

1美元索性休整一段时间。他明白自己下一次和人类见面的场合是珍品拍卖会，和前边那五张人民币一起。

写于1995年

（全书完）

我是钱

作者_郑渊洁

产品经理_来佳音　　装帧设计_何月婷　　封面插画_张弘蕾
技术编辑_陈皮　　责任印制_刘世乐　　出品人_曹俊然

果麦
www.guomai.cn

以 微 小 的 力 量 推 动 文 明

图书在版编目（CIP）数据

我是钱 / 郑渊洁著. -- 西安：太白文艺出版社，
2024. 8. -- ISBN 978-7-5513-2657-5
Ⅰ. I247.5
中国国家版本馆CIP数据核字第2024F5Y446号

我是钱
WO SHI QIAN

作　　者	郑渊洁
责任编辑	黄　洁
装帧设计	何月婷
出版发行	太白文艺出版社
经　　销	新华书店
印　　刷	嘉业印刷（天津）有限公司
开　　本	710mm×960mm　1/16
字　　数	150千字
印　　张	12.5
版　　次	2024年8月第1版
印　　次	2024年8月第1次印刷
印　　数	1-5,000
书　　号	ISBN 978-7-5513-2657-5
定　　价	42.00元

版权所有 翻印必究
如有印装质量问题，可寄出版社印制部调换
联系电话：029-81206800
出版社地址：西安市曲江新区登高路1388号（邮编：710061）
营销中心电话：029-87277748　029-87217872